妖怪博士

〔日〕江户川乱步 著

叶荣鼎 译

山东画报出版社

译者序

红极一时的日本动漫《名侦探柯南》的作者漫画家青山刚昌，孩提时代曾是江户川乱步的超级追星族，他笔下的主人公江户川柯南的姓就取自日本推理文学鼻祖江户川乱步，名则取自英国的柯南·道尔。

日本作家历来都有用笔名的传统，江户川乱步本名平井太郎，早年就读于早稻田大学经济学专业，江户川就在早稻田大学旁边。巧合的是，"江户川"的日式英语发音"edogawa（爱多嘎娃）"，与"Edgar a-（埃德加·爱）"的发音极其相似；

"乱步"的日式英语发音"ranpo（兰波）"，与"llan Poe（伦·坡）"的发音又十分相近，故而决定以"江户川乱步"为笔名。从此，这个名字陪他度过了四十年推理文学创作生涯，也成为日本推理文学史上不可逾越的高峰。

1923年，乱步在《新青年》杂志上发表处女作《二钱铜币》，引发轰动。当时的编者按这样写道："我们经常这样说，《新青年》杂志上总有一天将刊登本国作者创作的侦探小说，并且远远高于欧美侦探小说的创作水平。今天，我们终于盼来了这一兴奋时刻。《二钱铜币》果然不负众望，博采外国作品之长，水平遥遥领先于外国名作。我们深信，广大读者看了这篇小说后一定会深以为然，拍案叫绝。作者是谁？是首位登上日本侦探文坛的江户川乱步。"

1925年，乱步发表小说《D坂杀人事件》，成功塑造了日本推理文学史上的第一位名侦探——明智小五郎。其后，他又陆续创作了《怪盗二十面相》《少年侦探团》等脍炙人口的作品，其中的"怪盗二十面相""少年侦探团"等角色已经突破了类型文学的束缚，成为世界文学史上的典型形象，先后多次被搬上各种舞台，改编成各种各样的影视、动漫作品。

第二次世界大战爆发后，江户川乱步因作品被禁止出版，投笔抗议，公开发表《作者的话》："我撰写的小说主要是把侦探、推理、探险、幻想和魔术结合在一起，让读者富有想象力和创造力。人类必须怀有伟大的梦想，经过不断的努力，才会创造出伟大的时代。没有梦想，没有幻想，就没有科学。历史已经证明，科学的进步多取决于天才的幻想和不懈努力。科学进步了，人民才会过上好日子。可是今天的战争，毁掉了科学，毁掉了人民的梦想，日本人民将会被一个不剩地当作炮灰，却还是避免不了失败的结局。"

1947年，日本侦探作家俱乐部成立，乱步被推举为主席。俱乐部在1963年改组为日本推理作家协会，至今仍是日本最权威的推理作家机构。1954年，乱步在六十大寿之际，个人出资100万日元，设立"江户川乱步奖"，用以激励年轻作家。在之后的半个多世纪里，以东野圭吾为代表的一大批优秀的日本推理文学作家通过这个奖项脱颖而出，他们的成绩也使得"江户川乱步奖"成为日本推理文坛最权威的大奖。

1961年，为表彰乱步在推理文学界的杰出贡献，日本政府为其颁发"紫绶褒勋章"（授予学术、艺术、运动领域中贡献卓著的人）。1965年，乱步突发脑出血去世，获赠正五位勋三等瑞宝章。为纪念乱步，名张市建有"江户川乱步纪念碑"与"江户川乱步纪念馆"，丰岛区设有"江户川乱步文学馆"，供日本与世界的爱好者与学者瞻仰和研究。

《江户川乱步全集》作为乱步作品之集大成者，先后出版了多个版本，加印数十次，总印数超过一亿册，迄今已有英、法、德、俄、中五大语种版本问世。衷心希望诸位读者能够通过这一版的中文译本，回望日本推理文学的滥觞，领略一代文学大家的风采。

是为序。

2021年元旦于上海虹桥东华美寓所

目 录

老乞丐 / 001

美少女 / 006

蛭田博士 / 011

老巫婆 / 017

家　贼 / 025

BD团徽 / 033

身陷蛇围 / 039

殿村侦探 / 047

乞丐少年 / 056

空　屋 / 059

抢先破案 / 065

明智登场 / 069

罪犯落网 / 075

怪　脸 / 081

大获全胜 / 085

金蝉脱壳 / 095

真实面目 / 100

铁房间 / 119

怪老人 / 124

大侦探的妙计 / 131

二十面相的诡计 / 140

盔　甲 / 147

少年探险团 / 156

黑暗迷宫 / 161

怪　物 / 166

蝙蝠说话 / 173

明智被俘 / 178

一败涂地 / 185

反败为胜 / 191

江户川乱步年谱 / 199

译后记 / 213

老乞丐

早春某个星期日的傍晚,天空笼罩着厚厚的云层,阴沉沉的。麻布六本木附近一条偏僻的住宅街上,一个十二三岁的少年吹着口哨。他叫相川泰二,是附近一所小学六年级的学生。今天,他在同学家玩了整整一天,这会儿正要回家,他家也在麻布。

道路两侧是长长的围墙和神社的树林,平日行人就不多,今天不知为何更显冷清,一个人影也没有。望着低垂的云层和浓浓的暮色,泰二心里不由得胆怯起来。他不停地吹着口哨,每迈一步都用力踩踏地面，为自己壮胆。

转过街角，泰二猛地停住脚步，口哨声也戛然而止。二十多米前的路中间蹲着一个脏兮兮的老人。那老人就像电影里的乞丐，头发蓬乱，花白的络腮胡子几乎遮住了半张脸，大概很长时间没有修剪过了。身上的旧西装又皱又脏，好像是从垃圾箱里捡来的。光脚穿着一双破皮鞋。老人脸上的表情非常认真，在地上不停地画着。

泰二感到奇怪，就躲在街角偷偷观察。老人画完就站起身来，四下张望之后才继续往前走去。泰二等老人走远了才上前查看。那是一个直径八厘米的圆圈，中间有一个十字，十字一端有一个箭头。

一大把年纪的老人居然还在路上乱写乱画，难道是个疯子？泰二想着又看了看老人离去的方向。突然，他发现那老人又在下一个街角聚精会神地画着什么。等老人走远，泰二又跑过去查看，地上仍然是圆圈里一个画有箭头的十字，好像在为什么人指路。

"奇怪，这老乞丐该不会在画什么暗号吧？好，我就跟着他看个究竟。"泰二对自己这样说着,小心翼翼开始跟踪。

大侦探明智小五郎的少年助手小林芳雄创建了少年侦探团,自己任团长,共有十多名团员,泰二就是其中一员。在明智先生和小林的教导下,通过数次协助警方的侦查活动,泰二已经掌握了相当的侦探技巧。

泰二以娴熟的跟踪技术悄悄跟在老人身后,老人似乎没有觉察,继续前行,每到一个路口都会画下相同的记号。

"这家伙果然可疑,他在每一个路口都做了记号,一定是给同伙指路。"泰二一边在心里嘀咕,一边全神贯注地尾随跟踪。他跟在老人身后一连转了五个弯,五个路口都留下了相同的记号。到第六个街角的时候,老人没有把记号画在路口,而是画在了一栋欧式别墅门前。

泰二从没来过这儿,这栋别墅也是第一次见。如此老旧的欧式别墅,看起来就像一个世纪前的建筑:长长的红砖围墙,长满青苔的石柱中间是蔓草花纹的大铁门；院内是二层红砖小楼，三角形的屋顶上矗立着老式的壁炉烟囱；窗子小而少，想必房间里一定光线昏暗。

泰二隐蔽在拐角处，目不转睛地观察着老人的一举一动。只见他蹲在铁门前的地上，又在绘制相同的记号。他画完后站起身，鬼鬼祟祟地四下张望，接着走到铁门前，推开刚够一个人侧身进去的缝隙钻了进去。

"这样一个乞丐似的老人怎么可能住在这么高档的别墅里。他不会是进去偷东西了吧？"泰二想到这里，赶紧跑到铁门前，从门缝朝里窥视。

果然不出泰二所料，老人走到别墅右侧，正准备翻窗进屋。

"啊，糟糕，怎么办呢？"

正当泰二犹豫不决的时候，老人已经从窗户爬进了屋里。

怎么办？难道就这样任凭他在别墅里行窃？泰二一时不知所措。眼下最好的办法自然是报警，可警察局离这里太远，一个来回，也许他早就得手之后逃之夭夭了。

"对,有办法了,赶快按门铃通知别墅主人。"

泰二想到这里赶紧推开铁门,跑到玄关前,踮起脚尖拼命地按下玄关门柱上的门铃。可足足按了好几分钟,仍不见别墅主人出来开门。难道是门铃坏了?泰二推了推房门,纹丝不动,别墅主人似乎并不在家。

泰二又跑到大门外打算求援,可站在外面等了好长时间,连一个行人也没有见着。怎么办?不管怎么说,绝不能让盗贼逃之夭夭。尽管没有大人,心里多少有些害怕,泰二还是毅然决定到老人进屋的窗口看看。他弯着腰,蹑手蹑脚地走到那扇窗外,但直起身子向里窥视是需要莫大勇气的。如果被发现,那老人说不定马上就会扑过来吧。如果只是赤手空拳倒也罢了,可如果他有枪或匕首……

泰二的心跳在加剧,他将自己的身体一点一点地向上伸展,宛如蛞蝓那样缓慢向上爬行。过了很长时间,终于看到了房内的情况。刚看了一眼,泰二顿时目瞪口呆。

美少女

　　这房间好像是客厅，正中央放着一张桌子，周围摆着好几把奇形怪状的椅子。房间里光线昏暗，但仍能勉强看清里面的情况。泰二匆匆扫视一遍，出乎意料的是没有见着老乞丐的身影。桌旁地上躺着一个人，却不是老乞丐，而是一个十六七岁的美丽少女，身着华丽的洋装，犹如昏暗的草丛里绽开的一朵色彩鲜艳的蔷薇花。

　　令泰二大吃一惊的并非少女的美貌，而是她的惨状。她的手脚被粗绳子绑得无法动弹，嘴里还塞了一条白色的毛巾。

"肯定是那家伙干的好事。"泰二觉得自己不能袖手旁观,至少应该为少女松绑。哪怕要跟那糟老头儿一决胜负,也要把这少女救出来。

正对窗户的房门敞开着,门外是走廊,没有老人的身影。看来,那家伙一定是把独自在家的少女五花大绑后去其他房间翻箱倒柜了。

"好,我先趁机救人,然后拿到钥匙把那家伙锁在别墅里,再去报警。"

泰二打定主意后将双手搭在窗台上,用在学校学过的体操技巧轻巧地跃入房间,而后一个箭步跑到少女旁边,从口袋里取出小刀割断绳子。

"别怕!我是来救你的。"泰二一边说一边迅速松开少女身上的绳子。

奇怪的是,绳子已经解得差不多了,可少女仍然纹丝不动,难道是昏过去了?泰二把手放在少女肩膀上轻轻摇晃。

"喂,别怕,快打起精神来!快打起精神来!"

少女依然没有反应,不但如此,本应柔软且富有弹性的肩膀竟然又冷又硬。泰二不禁心中一惊,难道她已经死了？

泰二此刻已是六神无主，不知如何是好。不过既然已经帮她解开了绳子，干脆再从她的嘴里取出毛巾吧。于是，他把手伸到少女的嘴里准备取出毛巾。

泰二一个劲儿地打量着少女的脸，突然瞪大了双眼。到底怎么回事？冒险救出的少女居然是做工精巧的人偶！这难道是个圈套？那老人刚潜入别墅，没有时间完成这样复杂的布置，多半是之前就有人设置了这样的圈套。

人偶那对大眼睛呆滞地直视前方，那张脸真是栩栩如生啊，和樱井的姐姐一模一样。

泰二不由得害怕起来，一会儿觉得自己像被什么魔法缠住似的，一会儿又觉得自己好像在做梦。刚才那老人去哪儿了？从刚才爬窗潜入房间到现在已经过去十多分钟了，一点儿返回这里的迹象都没有。此刻，泰二仿佛觉得古老、昏暗而又空旷的别墅里就只有自己孤身一人，像黑暗里漂浮在海上的一艘凄凉小船。

泰二呆呆站了不知多久，脑子里一片空白。等他回过神来，屋里已经是漆黑一片。

"哎呀。"泰二回头看去，刚才潜入时的窗户不知什么时候紧紧地关上了，就连百叶窗也关得紧紧的，因为叶片挡住了光线，屋里才一片漆黑。泰二走到窗前，使尽全身力气试图推开百叶窗，可拽也好，扳也好，推也好，百叶窗的叶片纹丝不动。

这栋别墅在外面看起来就让人觉得阴森可怖，房间里居然躺着一个被五花大绑的少女人偶。明明没有其他人，可百叶窗却被关得死死的。难道这别墅闹鬼？

泰二被关在漆黑的房间里，想要出去就必须经过门外的走廊，那老人说不定正在那里等着他呢。可不管怎么说，自己不可能在黑暗中一直与人偶少女待在一起。那人偶做得太逼真了，泰二总觉得她随时都有可能活过来。不管怎么说，尽快离开这里才是当务之急。终于，泰二下定决心，跨出房门沿走廊飞奔。他一边跑一边四下打量，并没有发现老人，整栋别墅静得如同一间空屋。

走廊呈九十度直角，两侧都有房门，大概都上了锁，无论怎么转把手就是打不开，泰二急得真想哭。终于，他来到了走廊尽头的房间门前，整栋别墅里只有这个房间的门虚掩着。

　　"房间里也许有人？"泰二想到这里又担心起来，可眼下不是犹豫不决的时候，他鼓起勇气，向虚掩的门里看去。

蛭田博士

房间出乎意料的宽敞，装潢和摆设也非常豪华，四周矗立着与天花板一样高的落地书架，书架上是清一色烫有金字的外文书籍。书架的四个角落各有一个与成人等高、神情威严的石膏像。正对房门右手边的似乎是索福克勒斯的塑像，泰二曾经在哥哥的书中见过。其余三座石膏像肯定也是与他地位相当的古代伟人吧。

书架前有一张两米长的大书桌，桌腿上刻有茶色浮雕，非常高雅。桌面光亮如镜，映照出背后的书架。背对房门的桌前坐着一个人，正在伏案奋笔疾书。只见他满头白发，应该是一位上了年纪的老人，穿着一件宽松的类似将军斗篷的长袍，与刚才的老乞丐完全不同。

泰二目睹这一情景放下心来，觉得这位老先生身份肯定非同一般，应该不会对一个孩子怎么样。他壮着胆子打了一声招呼："请问，您是这里的主人吗？"

正在伏案疾书的先生听到说话声，不慌不忙地抬起头，转过身看着泰二，嘴角露出了笑意。泰二这下看清了他的长相：花白的长发向后梳成大背头，花白的胡子朝两边翘起，下巴上的胡子修剪成三角形，鼻梁上架着黑色宽边眼镜，镜片后面的那对炯炯有神的眼睛打量着泰二。

见他没有回答，泰二又重复了一遍刚才的问题，那人这才开口，声音低沉："对，我就是这里的主人。进来吧。"

他一边说一边伸出右手，做了一个类似招呼小狗的手势。

虽说这人行为古怪，可眼下泰二实在走投无

路，只得按照对方说的，慢吞吞地走进房间，站在光亮如镜的大桌子前。

"我没有打招呼就进来了，请原谅。刚才，我看见一个老乞丐翻窗闯入您家，我觉得他可能是个小偷，就按了玄关上的门铃，可不见有人出来开门，于是，我也从那扇窗户爬了进来……我叫相川泰二，请多多原谅我的鲁莽行为，我实在没有恶意。"

泰二说了一大堆，总算解释完了。那人还是满脸微笑，随后，他的话令泰二大吃一惊："我知道你叫相川泰二，已经在这里等你很久了。"

这时的泰二，满脑子装的都是那个可疑的老乞丐，一时还顾不上琢磨对方话里的深意。

"那个老乞丐肯定还藏在您家里，他肯定是小偷，赶快报警吧。"

"哈哈哈……那老人吗，你不必担心，他就在这个房间里。"

"什么？在这个房间里？"

泰二吃了一惊，急忙四下张望，可房间里根本没有第三个人，这个自称主人的家伙到底想说什么呀?

"没有啊。"

"不就在那儿吗?"

顺着那人手指的方向,泰二发现房间一角的石膏像脚边扔着脏衣服、破皮鞋、假发以及假胡子等。泰二目瞪口呆,这到底是怎么回事?

"哈哈哈……明白了吧,你说的老乞丐就是我呀。瞧,那些化装道具我刚卸下,已经恢复成原来的模样。"

泰二不由得往后退了两步。

"哈哈哈……怎么样?我的化装技术十分高明吧。"

"你到底是谁?"泰二一边摆开转身逃走的架势,一边单刀直入地问道。

"哈哈哈……你想知道我是谁吗?我是医学博士,叫蛭田,人称蛭田博士。刚才我不是已经说了吗,我是这栋别墅的主人。"

"那,你为什么要扮作老乞丐?为什么不走大门进屋?"

"这是有些奇怪,可我这样做自有我的道理。我的目的就是把你引到这里来而不让任何人知道,明白了吗?"

"把我引到这里来?只要上我家说一下,我就会来的,何必化装成老乞丐呢?"

"嘿嘿,我不那样做也是有道理的,你马上就会明白的。哈哈哈……你这孩子谨慎又聪明,我不得不耍点小手段。"

"那,你在路面上画的那些记号也是为了引我来的吗?"

"是的,是的。因为你是少年侦探,一发现那些可疑的记号肯定会悄悄跟过来。与其贸然出手搞得你大喊大叫,稍稍动点脑筋请君入瓮不是更好吗?"

泰二越听越觉得眼前这位蛭田博士居心不良,他是想用这种方法让自己乖乖地送上门来。

"那,那人偶也是……"

"是的,你好像终于明白了。那也是为了引你进屋的一个小把戏。我觉得你看到那样的情景绝不会袖手旁观，果然，你真是让我佩服啊。"蛭田博士越说越得意，"趁你不注意的时候，我悄悄关上百叶窗。这栋别墅里有许多秘密机关，只要按一下按钮就会启动。只要关上窗户，摆在你面前的唯一出路就是来我这里，我只要在这里等着就可以了。是你自己到我这里来的，我既没有绑架你，也没有打电话或者写信邀请你，你根本不知道我是谁，你父母就更不可能知道了。也就是说，只有你和那个老乞丐知道你在我这儿，而那个老乞丐就是我。说得再明白一点，除我之外，再也没有人知道你的下落了。即便你父母报警，警察也找不到你，因为我没有留下任何线索，你已经成为我永久的阶下囚了，哈哈哈……"

蛭田博士说得唾沫四溅，得意忘形。

泰二完全惊呆了，半天说不出一句话，但一旦意识到自己别无选择，反而冷静了下来，而且眼前这个厚颜无耻的家伙越发让人厌恶。

"你，你跟我到底有什么仇？把我关在这里究竟想干什么？"泰二气得涨红了脸，朝着蛭田博士连连发问。

老巫婆

"哈哈哈……不必担心,我又不会吃了你,只是有些好玩的东西想让你看看。"蛭田博士透过宽边眼镜盯着泰二涨红的脸。

"好玩的东西?"

"是的。"

"我不想看那种无聊的东西,我要回去。"

"哈哈哈……想回家?那……我是不会同意的。"

"不,我一定要回去。"泰二铁青着脸,语气坚决。

"哈哈哈……你一定要回去,那就试试看吧。"

蛭田博士说着按了一下桌角的按钮，于是，泰二脚下的那块地板突然垂落下去，现出一个方形洞口，就在一瞬间，泰二的整个身体犹如被洞口吞噬似的消失了。

这是一个陷阱，蛭田博士从一开始就等着泰二走到这个位置。

随着"啊"的一声惊叫，泰二消失在地下的黑暗中，向下垂落的地板又恢复成了原来的模样，房间里就像什么都没发生过一样。

"呵呵呵……好了，让他安静地休息一会儿吧。"

蛭田博士非常满意地点点头，自言自语地嘟哝了一会儿，随后慢慢站起身走到背后的书架前，取出两本进口书籍，然后把手伸进书架的空当处摸索了一会儿，只见书架的一部分宛如房门一般向里打开——这又是一处机关，书架背后是一间密室。

蛭田博士走进漆黑狭小的密室，将书架门恢复成原来模样，开了灯。这是一个非常奇妙的房间，墙角有一张三四十个抽屉的大梳妆台，台上有一面化妆用的大镜子；四面墙壁上挂着几十套衣服，各种款式应有尽有，衣服下面摆放着各式各样的皮鞋、草鞋、木屐和伞。

蛭田博士迅速脱下身上的衣服，只穿一件汗衫坐在镜前的椅子上。他先摘下眼镜放在化妆台上，两只手抓住花白的头发像摘帽子似的向上一拽，原来是假发套。随后，他又扯去了胡子。竟然是双重化装！

卸下这些道具后，现在的模样才是真正的蛭田博士。乌黑光亮的头发，富有光泽的面庞，这分明是一张三十多岁的年轻人的脸。

蛭田博士一连打开好几个抽屉，似乎在找什么。片刻，他取出一个头发凌乱的老妇人发套戴在头上，再相继打开放有各种化妆颜料和各种化妆笔的抽屉，对着镜子在脸上画了起来。镜子里渐渐现出一张布满皱纹的老太婆的脸：花白的眉毛，牙齿残缺不全——那其实是在牙上套上黑色薄片。

化好妆，蛭田博士站起身来走到挂着衣服的墙边，挑选出欧洲老妇人穿的白色上装和有许多皱褶的裙子穿在身上，随后披上一条褐色大披肩，脚上不穿袜子，随便趿拉了一双木鞋。瞧这身打扮，跟欧洲童话故事里的老巫婆似的。

老巫婆弯着腰，双手背在身后，蠕动着没有牙齿的嘴巴，步履蹒跚地走了起来。

小房间与书架相对的墙上有一个小门，老巫婆掏出钥匙打开后钻了进去。那是一条地下通道，黑乎乎的，几乎没有一点儿光线，她颤颤巍巍地向下挪动，消失在黑暗中。

***

脚下的地板突然消失后，泰二原以为自己会直坠下去，没想到却像是掉在了公园里的滑梯上，快速向下滑去。不一会儿，似乎被某种坚硬的东西重重地敲打了一下，发出"咣当"一声，原来是屁股撞上了地面，疼得泰二龇牙咧嘴，但除此之外倒没有摔伤。他使劲儿揉了揉屁股，打量起四周的环境。

头上的洞口已经恢复原样，四周如深夜一般漆黑一片。洞底中央有一个石块砌筑的地炉，里面有一点点正在燃烧的木柴，就是唯一的光源。

眼睛渐渐适应这黑暗后，可以隐约看清大致的轮廓了。这里的面积约有十三平方米，四周的墙体是大石块砌筑的。说是地下室，倒更像个洞窟。地炉上有三根树枝组成的支架，悬挂着一只形状古怪的铁锅，锅里好像有东西，在微弱火苗的舔舐下不停地冒着白色热气。地炉旁还有一个大木椅，奇形怪状酷似童话故事里的样子，两侧的扶手表面刻有蛇形图案的浮雕，从正面看犹如两条张着大嘴欲择人而噬的蛇，在地炉微光的映照下更加阴森可怖。

泰二压根儿没有想到东京城里居然有如此阴森可怕的洞窟，仿佛童话故事里的黑暗地狱，恍惚间他甚至怀疑自己是在做噩梦。再仔细观察片刻，泰二猛然间觉得背上似乎被泼了一盆凉水，浑身剧烈地颤抖起来——对面的黑暗中隐约有一个白色物体。虽说泰二不相信世上有鬼和幽灵，可身处如此阴气沉沉的洞窟，神情不由得恍惚。

那东西慢慢靠近，逐渐清晰起来，既然是走过来的，就绝不可能是幽灵什么的，可那模样着实比幽灵还要可怕。钢丝般的白发乱蓬蓬地披散在肩膀上,其下是一张皱巴巴的黑脸,是一个老太婆,正咧着没牙的嘴狞笑着。

巨大的褐色披肩下是一条满是褶皱的裙子,脚上穿着尖头木鞋,分明是个老巫婆。泰二不禁惊叫出声,抱着脑袋躲到房间角落。

"啊哈哈哈……别跑,别跑,我是特地来欢迎你这勇敢少年的。来,快过来,我说一个有趣的故事给你听。"

老巫婆从披肩下伸出手招呼泰二,不断向他靠近,泰二往左她也往左,泰二往右她也往右,就像有根绳子牵引着。洞窟非常狭小,根本无路可逃,泰二决心孤注一掷,他猛地停住脚步,铁青着脸,怒目圆睁,等着老巫婆靠近。

"喂,好孩子,别淘气。瞧你这模样像一个顶天立地的男子汉,我们来玩个做鬼脸的游戏吧,谁先笑就算谁输,怎么样?"这种规则简直就像玩笑,但那老巫婆说着竟真地站到了泰二面前,瞪大白眉毛下的那对贼溜溜的眼睛,一眨不眨地紧盯着泰二的眼睛。

两人互相瞪着对方僵持了好一会儿，泰二快要坚持不住了，可他还是咬紧牙关，拼命瞪大眼睛狠狠地盯着老巫婆。渐渐的，老巫婆的眼睛变得越来越大，开始射出野兽般的蓝光，宛如看不见的电流朝泰二飞去。

老巫婆继续瞪大眼睛，布满皱纹的脸上浮现出可怕的狞笑。接着，她举起双手在泰二的头顶上慢悠悠地摇来晃去，似乎在打什么拍子。

奇怪的节奏仿佛什么信号，顿时，泰二眼前泛起了白光，老巫婆的脸消失无踪。不仅老巫婆的脸，整个洞窟都变得白茫茫一片，泰二的意识开始模糊不清。

"不能就这么站着，我已经被老巫婆的魔法缠身，必须打起精神挺过去。"泰二一边想一边强打起精神，可老巫婆那电流般的目光让他耳鸣目眩。

"我要回家，我要回家。妈妈，快来救我！"泰二嘴里嘟哝着，犹如梦呓。终于，他支持不住了，有气无力地瘫软在地上。刚开始他还试图爬起来，但挣扎了一会儿就渐渐筋疲力尽，躺在地上昏睡过去。

"哈哈哈……总算睡着了,催眠术的魔力太惊人了。好了,你就这么躺着听我说吧。"

老巫婆身体前倾,双手在泰二的身体上方慢慢地左右晃动,嘴里喋喋不休地不知念叨些什么。

家 贼

晚上七点,泰二平安无事地回到家里。

"泰二,你今天回家怎么这么晚呀?"妈妈问道。

"我在同学家里学习。"不知何故,他没有说出真正的原因。

"还没吃晚饭吧,已经准备好了,快吃吧。"

泰二没有答话,一声不吭地钻进自己房里,也不知他在里面干些什么,一点声音都没有。平时一到八点,泰二就会问妈妈准备了什么点心,可今晚却连房门都没出。

妈妈主动拿着点心来到泰二的房间,想看看

他到底怎么了,可平时十点才睡的泰二竟然已经睡下了。

"怎么这么早就睡了,是不是遇上什么不开心的事了?"妈妈一连问了好几遍,可泰二就是不回答,他并没有睡着,铁青着脸,眼睛不停地一眨一眨,好像在思考什么问题。

"泰二,为什么不回答妈妈?你在想什么啊?是不是有什么担心的事情?或者是不是肚子不舒服?"妈妈继续问,泰二依然不吱声,两眼盯着天花板,眼里噙着泪水。

"泰二,到底怎么了?"妈妈坐在枕头边摇晃着泰二的肩膀,脸上的表情变得认真而严肃。

泰二终于忍耐不住了,满眼泪水地望着妈妈:"妈妈,我好难受。"

"什么?难受?哪里?是不是哪里疼?"

"不,不是疼,我是担心。"

"你担心什么呢?"

"这,我也说不清楚。可我有预感,好像马上要发生什么。我的大脑好像被别人的大脑取代了,一直在对我发号施令。"

妈妈脸色大变,她完全搞不清泰二在说什么,不会是脑子出了问题吧。

"妈妈,我有一个要求,但是……"泰二瞪大通红的眼睛,吞吞吐吐地说道。

"什么要求?快说呀,只要是泰二提出的要求,妈妈都替你办。"

"这要求,您一定会觉得奇怪。我希望妈妈把我绑起来,而且要绑得我不能动弹。"

"什么?"妈妈伤心地再也说不出话来,直愣愣地盯着泰二的脸,可怜的泰二果真脑子出了问题。

"妈妈,拜托您了。"

"泰二,你开什么玩笑!"

"不是开玩笑,我是说真的。您不把我绑起来,我就无法安下心来。"

"什么?不是开玩笑?是真话?那,请你说说理由,你以为没有一个令人信服的理由妈妈就会把你绑起来吗?"

"这个,我一时说不清楚,可妈妈不那样做,我确实无法安下心来。妈妈，请把我绑起来，拜托了，否则我会发疯的。"

望着泰二铁青的脸，妈妈左右为难。事不凑巧，泰二的爸爸出差去了关西地区，家里没有人可以商量。

"妈妈，快把我绑起来，我要难受死了。"

泰二痛苦地扭动着身体，眼泪止不住地往下淌。妈妈见状也伤心起来，用和服袖口不停地为儿子擦去泪水。

"别哭了，妈妈马上把你绑起来，安静地等我一会儿。"

为了让泰二平静下来，妈妈终于下了决心，到收藏室拿了一团绑行李用的绳子。可无论泰二怎么央求，她实在难以下手。正犹豫间，泰二又哀求起来。

不能再犹豫了，在这么下去，泰二真的会发疯的。她又仔细打量了一下泰二的脸，没有丝毫开玩笑的表情。妈妈伤心极了，哆嗦着用绳子将躺在床上的泰二的手脚宽松地绑了起来。

"妈妈，太松了，绑得紧一点！一定要用力绑，直到我不能动弹为止。"

"好，好，泰二，我已经用力绑得很紧了，快平静下来好好睡一觉吧。"

妈妈一边说一边帮泰二盖好被子，然后像哄婴儿睡觉似的，轻轻拍打着泰二的肩膀。

也许是因为感觉到绳子已经将自己的手脚绑紧了，泰二不再吵闹，不一会儿就发出了轻轻的鼾声。

妈妈把手放在泰二的额头上，并不烫，没有发高烧的迹象。她又把手伸进被窝里放在泰二被捆绑的手腕上，脉搏也十分正常。

"像这种情况，好像也没有喊医生的必要，到明天早晨再说吧。"妈妈自言自语，回到了自己的房间。

大约凌晨的一点钟，已经睡下的妈妈被奇怪的响声惊醒了。她屏住呼吸侧耳倾听，好像走廊里有人。泰二的爸爸出差还没有回来，走廊尽头的书房里有公司的许多机密文件，万一被盗后果不堪设想。妈妈想到这里,全然忘记了害怕,穿好睡衣爬起来,悄悄推开房门来到走廊上。

房内大部分的灯光都已经熄灭,走廊里一片漆黑,黑暗中隐约可见一个人影在缓缓移动。妈妈吃了一惊,差点喊出声来。她极力克制着自己,目不转睛地紧盯着那个鬼鬼祟祟的人影。随着眼睛逐渐适应走廊上的黑暗,那人影变得清晰起来。

"那不是泰二吗?"

刚才绑住泰二手脚的绳子,不用说,松得很,只是为了安慰他才做做样子的,泰二完全可以凭自己的力量解开绳子。妈妈认定那个人影是泰二后,更加紧张起来,比看到真的盗贼还要吃惊。泰二该不会真的疯了吧?或者是着了魔?

妈妈踮起脚尖,悄悄走到黑影跟前轻声呼唤:"泰二,泰二。"

不管妈妈怎么叫他,泰二一点反应也没有,他径直来到书房门前,毫不犹豫地开门走了进去。妈妈目瞪口呆,站在门口呆呆地看着儿子的一举一动。

泰二走进书房，开了灯，径直朝房间一侧的角落走去。

难道是梦游症？所谓梦游症，就是人在睡觉的时候不知不觉地起床，不知不觉地行动。泰二目光涣散，走路摇晃，还真有点像得了梦游症。

泰二走到爸爸的那张大书桌跟前，打开桌腿上的秘密小抽屉取出一小串钥匙。他把那串钥匙攥在手里，径直来到另一侧角落的铁质文件箱前，将钥匙插入锁孔打开了文件箱。

目睹这一情景的妈妈惊恐万状，因为泰二打开的文件箱里都是公司最重要的文件。这些文件不仅关系到公司的经营，一旦落入间谍之手，甚至会给国家带来重大损失。

泰二的爸爸现任东洋制造公司的总工程师，主管公司的技术。有关机器的部件设计图、成本预算、订货数量以及交付日期等文件，都由他亲自掌管。爸爸出差前一再嘱咐，文件箱里的文件事关公司和国家机密，一定要小心。不过即便进了盗贼，钥匙藏在书桌腿上的秘密小抽屉里，外人是不可能找到的，因此妈妈并不怎么担心。可眼前的不是外贼，而是家贼，是泰二。不用说，泰二早就知道书桌腿上的秘密小抽屉，可他居然半夜潜入书房，就连打开文件箱也是轻车熟路，其中必有原因，难道真的是着了魔？

不一会儿，泰二从文件箱的抽屉里找到了机密文件。他把文件箱锁好，将钥匙放回原处，关了灯，又如来时一般走出了书房。

妈妈再也按捺不住，猛地挡在泰二面前，语气十分激烈："泰二，你这是干什么？"

BD团徽

"泰二,醒醒,你是不是在做梦?你到底想干什么?你手上拿的是不是爸爸的机密文件?快还给我。那些文件一旦到了坏人手里,可不得了。"

然而,催眠术有着不可阻挡的魔力,泰二像换了个人似的,他既不回答,也不朝妈妈看一眼,而是野蛮地将妈妈推到一旁,转过脸朝妈妈狠狠地瞪了一眼。

泰二这一连串奇怪的举止把妈妈吓呆了。她简直不敢相信,这就是自己平时最宠爱的孩子。

难道是实施催眠术的蛭田博士把自己的意志

强加在了泰二的大脑里？泰二此刻的表情跟他一模一样。

由于极度的悲伤和惊吓，妈妈浑身抖个不停。面对儿子的异常举动，她不知如何是好。就在这时，泰二已经来到走廊窗前，迅速打开窗户跳了出去，一转眼就消失在了茫茫的黑暗里。

妈妈跟跄着来到窗前，瞪大眼睛在伸手不见五指的院子里搜索。黑暗中，一大一小两个人影正向院子外跑去。小黑影无疑是泰二，大黑影又是谁呢？是蛭田博士。他不知什么时候潜入了相川家的院子里，在黑暗中盯着书房的窗子，等待泰二得手。看到泰二拿到文件，蛭田博士的目光变得更加尖锐，加大了催眠术的力度，用无声的命令指使泰二跳窗。泰二刚跳到院子里，就被他抓住手飞奔向事先打开的后门，消失在黑夜里。

其实只要拿到文件，蛭田博士大可以不再管泰二。可他根本没有松开泰二的打算，而是把泰二拽得更紧，朝着黑暗深处狂奔。这，到底又是为了什么呢？

妈妈被吓呆了,过了好一会儿,才终于声嘶力竭地喊了起来:"来人哪,来人哪……"当地警署接到报警后,立即派数名警官驱车赶到现场。相川家周围挤满了人。

一直到早晨,警方展开了仔细的搜索,却没有找到任何有价值的线索,就连泰二究竟被什么人带到什么地方也无法推测。

院子里松软的泥土上留有泰二光着脚的脚印和一个大人的脚印,可泰二并没有向妈妈提及蛭田博士或者催眠术,因此,那大人的脚印到底是谁留下的毫无线索。

第二天中午,泰二的爸爸接到了电报,急忙搭乘特快列车返回东京。公司召开了紧急会议,商讨机密文件被窃后的补救办法。警视厅也成立了专案组。第二天的各大晚报都报道了泰二离奇出走事件,并推测事件背后有间谍操纵。

泰二的同学们很快从报纸上知道了事情经过,大家都很担心泰二的安危,其中最焦急的当数大野、齐藤和上村三个少年侦探团团员。

少年侦探团的团长是小林芳雄,他是大侦探明智小五郎的少年助手。十多个团员有的是初中生,有的是五六年级的小学生。泰二所在的小学一共有四人参加了少年侦探团,就是泰二、大野、齐藤和上村。

事件发生后的第三天,三人商定放学后一起去泰二家探望。他们听泰二妈妈说了那天晚上泰二的古怪行为、院子里的人影,以及警方搜索一无所获的情况,这让三人的心情更加沉重了。

离开相川家,三人并肩沿着电车轨道边走边议论起来。

"到底怎么回事?泰二不可能突然变成盗贼,我估计他一定是被逼的。"上村深思熟虑后发表了自己的看法。

"嗯,我同意上村的观点。可是,院子里的究竟是什么人?那家伙肯定是间谍。但是……"大野歪着脑袋说出自己的意见。

"我觉得那肯定不是日本人,一定是外国人。"齐藤断言。一说起间谍,大家首先想到的就是外国人。

"我建议,我们三人一起到明智先生的事务所去,跟小林团长商量一下,也许能想出好主意。"上村首先提议。

"嗯,一起去事务所,说不定小林团长也正想见我们。"齐藤表示赞同。

"对,我也同意去事务所。"大野也举双手赞成。

三人打定主意,正要加快脚步,背后有人边喊边朝他们追来:"喂,等一等,你们是泰二的同学吧?"

三人惊愕地转过脸去,见一个三十四五岁司机模样的人就站在他们的身后。他身穿某出租公司的制服,佩戴公司的金边徽章,脸上堆满了笑容。

"嗯,是的。有什么事吗?"

司机将右手伸到他们跟前,手掌上好像有东西。

"这是你们少年侦探团的徽章吗?"

三人仔细一看,果然是少年侦探团的团徽。

少年侦探团的英语缩写是BD,因此少年侦探团的团徽又称BD团徽,与硬币差不多大,是用铅制作的。平时，每个少年侦探的口袋里都放有二三十枚。普通徽章的话，每人一枚就足够了，小林让他们每人带着二三十枚，自有其他妙用。有时候，为了把自己的去向通知其他团员，可以按照一定距离将团徽沿途撒下，银光闪闪的团徽就成了最好的路标。三人见陌生的司机手里拿着BD团徽，不由得面面相觑。

"那的确是BD团徽，是我们少年侦探团的标记。请问您怎么会有？"

"我是捡到的。"

"什么？您捡到的？在哪里？"

"离这里还有一段路呢。"

"能说得具体一点吗？"

"在麻布一带，那条街道的具体名称我也不太清楚，不过到了附近我就能找到。"

"那，您还能找到捡到团徽的地方吗？"

"当然，是在一栋红色砖墙的西洋别墅前。"

三人又互相看了看对方。

身陷蛇围

别墅前的徽章会不会是泰二扔在地上的?他是不是就被关在那栋别墅里?三人同时想到了这一点。猜测虽不一定完全正确,但还是有进一步核实的必要。

"您能带我们到别墅那儿去吗?"齐藤代表大家请求司机。

"行,我带你们去。"

"嗯,那我们一起去看一下再说,拜托您了。"

"你们就坐我的车吧,就停在那条巷子里。"司机爽快地答应了三人的请求,指了指身后的那条巷子。

时已黄昏，天色已经暗了下来，巷子两侧都是长长的围墙，没有什么行人。三人跟着司机走进那条巷子，果然见一辆半新半旧的轿车停在那里。司机打开车门，三人低着头上了车，并排坐在后排座位上。

尽管有必要去核实一下BD团徽掉落的地方，但三人既没通知相川家的大人，也没通知警方和明智侦探事务所，太盲目了。司机的举动也十分可疑。这么重要的线索不是先报告警方，而是特地赶来告诉三个少年，这难道不奇怪吗？还有，司机又是怎么知道他们三人是少年侦探团的团员，而且还知道BD团徽是少年侦探团的团徽？越想越觉得疑点重重……

三人只想尽快找到失踪多日的泰二，根本没有留意这些。

轿车只行驶了五分钟左右就到了别墅前，司机将车停在路边。

"瞧，那就是我刚才说的红砖围墙，我手里的这枚徽章就是在那栋别墅前面捡到的。"

"好,就在这里下车吧。"上村打头,三人都下了车。

司机也跟着从驾驶席下了车,亲热地说:"我陪你们一起去。"说完就抢先朝别墅走去。

走到院门那里,发现镂空的大铁门半开着,可以一眼看见里面的玄关,玄关的门大开着,仿佛一栋空楼。

"这别墅好像没人住。"

"也许真是一栋空屋,连门牌也没有。泰二也许就被关在这里面。"

司机歪着脑袋小心翼翼地走到院子里,不停地朝四处张望。

"你们都进来看一下,这别墅好像真没人住,所有的窗户都关得紧紧的,连个人影都没有。来,进来看看。"

司机说完大步朝玄关走去,三人也跟了上去。

走进玄关,不管怎么打招呼,就是没有人出来应答。

"还真是一栋空屋,既然如此,我们就进去看看吧。"

司机话音刚落便迈步朝里走去,就像到了自己家,既不脱鞋,行动也不迟疑,熟门熟路,沿着昏暗的走廊一直朝里走。

少年侦探们开始紧张起来,可一想到要好的同学泰二有可能被关在这里,便鼓起勇气跟在司机身后朝里走去。

司机打开一个小房间的门,朝房间里张望了一下,嘴里嘀嘀咕咕不知说了些什么,随后朝三人打了一下手势,示意他们进来。

三人一个接一个地走进房间。这是一个面积不到七平方米的小房间,没有窗户,光线昏暗。只有一张床,却没有垫被和盖被,床板裸露在外,好像是一个小收藏室。他们查看了每一个角落,并没有发现什么可疑的东西,正打算离开房间,司机却站在门口挡住了去路,脸上露出令人讨厌的笑容。

"你这是干什么?为什么站在门口?"齐藤气呼呼地责问。

司机突然大笑起来:"哈哈哈……你们以为我是谁?我是这栋别墅的主人。哈哈哈……"

三人不由得吓了一跳。

"你说你是主人?这怎么可能。你如果真是这栋别墅的主人,为什么像潜入别人家里那样鬼鬼祟祟的?你不是司机吗?一个司机,怎么会拥有这么大的别墅?"

"哈哈哈……你说的这些话太天真了。你们不是少年侦探吗?大概不会不知道什么叫化装吧?我可不是什么司机,那只是为了邀请你们来这里的化装。"

"你到底是什么人?"

"我刚才不是说了吗?我是这里的主人,人称蛭田博士。喂,你们最好再仔细看一下我这张脸。"司机边说边摘下帽子扔在地上,伸出右手在脸上一抹,眨眼间,刚才那张和蔼可亲的脸不见了,取而代之的是一张阴险狡诈的脸:满头长发乱蓬蓬的,额头上密密麻麻满是皱纹,眯成细缝的双眼闪着凶光,鲜红的嘴唇紧抿着,令人毛骨悚然。

三人面对眼睛眯成一条线的妖魔，仿佛已被他剥夺了自由似的，全身上下不停地颤抖着，紧张得连身体也变得僵硬了。

"哈哈哈……瞧你们三个，害怕了吗？就这么点胆量？真正可怕的还在后头呢。哈哈哈……既然害怕了，就老实点。接下来，我还有更可怕的东西要给你们看呢。"话音刚落，蛭田博士一步跨出房间，"啪"地将房门关上，又"咔嚓"一声上了锁。

与此同时，三人脚下的地板剧烈摇晃起来。突然，地板从中间一分为二，同时向下垂落，三人毫无防备，掉到了地板下面的洞穴里。原来，整个房间都是一个陷阱。

三人过了好一阵子才先后苏醒过来。地下室尽管阴气沉沉，可面积比上面的房间大一倍。除了混凝土地面上放着一只大桶，其他什么也没有。大桶上有烛台，两支红色蜡烛吐出细小的火舌，摇曳着微光。

三人抬头仰望，犹如一只大盖子的地板不知什么时候已经恢复成原来的模样，看不出一丝间隙。

三人交换着担忧的眼神，连说话的力气也没了，个个呆若木鸡地坐在地上。

这时候，不知从哪里突然传出阴险的笑声："嘿嘿嘿……瞧你们这般模样，太可怜了！不过这才刚刚开始。那个大桶里到底有什么？如果有勇气，就打开盖子看一下吧。嘿嘿嘿……你们敢吗？"

三人的视线一齐投向地下室中央的那个大桶。里面究竟有什么？三人禁不住开始胡思乱想。也许是泰二？像这么大的桶，完全可以装进一个十二三岁的少年。三人相互交换着眼神，探寻对方的意见。

"大桶里的一定是泰二……"上村斩钉截铁，但没有把话说完，他害怕说出尸体两个字。

"我也是这样认为的。怎么样？打开看看？"齐藤提议道。

"对，打开再说。"大野说干就干，冲到大桶边，双手抱着将大桶横放在地上。

突然，桶盖"啪"地掉了下来，蜡烛也随之倒在地上，发出异样的光芒。与此同时，在烛光的照耀下，青黑色麻绳般的东西盘成一团，滑到地面上。

三人原以为大桶里是泰二,没想竟是其他东西,一时都惊呆了,不停地眨巴着眼睛。渐渐的,他们看清楚了,这一大堆纠缠在一起不停蠕动的东西居然是蛇。三人被眼前的一幕吓得腿脚酥软,直往后退。

这些蛇在烛光的照耀下鳞光闪闪,黄豆大小的眼睛射出恶狠狠的目光。它们吐着猩红的蛇信在地上游动,渐渐化整为零。大桶里还有蛇源源不断地涌出,不一会儿,竟快要铺满整个地面。

三人挤作一团缩在角落,终于无路可退了。蛇群贪婪的目光不停地在三人身上打转,猩红的蛇信不断朝他们喷吐,似乎将他们视为猎物。三人抱得更紧了,放声大喊,发出阵阵凄惨的悲鸣。

蛭田博士的手段太残忍了,不但绑架了泰二,还绑架了上村、齐藤和大野,并且把他们投入蛇群。

蛭田博士绑架泰二显然是为了获取机密文件,可绑架上村、齐藤和大野又有什么不可告人的目的呢?

殿村侦探

相川泰二盗走了爸爸公司的机密文件,并且下落不明。接着,泰二的同学上村、齐藤和大野也不知去向。他们的父母心急如焚,警方展开了大规模的搜捕,新闻媒体竞相报道,还刊登了四人的照片,街头巷尾都在议论纷纷。

最焦急也最伤心的当数泰二的爸爸。作为东洋制造公司的总工程师,保管的机密文件居然不翼而飞,不仅如此,连自己唯一的儿子也失踪了。他自返回东京以来,夜不能寐,整天坐立不安。

警方自然会全力搜查罪犯,可东洋制造公司不可能安心等待警方的结果,这些文件实在关系重大。于是,公司决定根据相川总工程师的建议,委托明智侦探事务所协助警方侦破此案。会议结束后,相川带着公司的委托文书,亲自拜访了明智侦探事务所。

明智二话没说,接受了东洋制造公司的委托。由于罪犯没有留下任何线索,无论明智的名声如何卓著,也不可能马上抓获罪犯。

又过去了两三天,警视厅和明智侦探事务所都没有任何进展。相川和公司各方只能默默忍受等待的煎熬。

文件被盗后的第五天下午,东洋制造公司大楼的大门口出现了一个奇怪的人物。他走到传达室,要求面见相川总工程师,说他想和相川总工程师谈一谈有关文件被盗的情况。他递给传达室的接待人员一张名片,上面印有"私家侦探殿村弘三"。虽然这名字不曾听说过,但相川还是决定见他一面,吩咐接待人员请他到会客室。

相川先一步来到会客室等候客人。片刻,接待人员和殿村侦探一起进入会客室。一见来访者异样的外表,相川禁不住暗自吃了一惊。

殿村侦探看上去约五十岁,驼背,弓腰,那张脸高高仰起,形状酷似镰刀。不但脸型,五官也长得特别可怕。头发似乎几年没修剪,乱蓬蓬的。粗粗的眉毛犹如两条毛虫,那对异样的眼睛滴溜溜地直转。厚厚的上嘴唇朝上翘起,露出难看的龅牙。从脸颊到下巴胡子拉碴。他身上穿的是过时的黑色旧西装,手拄一根弯曲的拐杖,颤颤巍巍走进会客室。相川开始怀疑起来,像这般模样的人能履行侦探的职责吗?

"我叫相川,是本公司的总工程师。请问,您就是殿村侦探吗?"

相川直愣愣地望着对方的脸,默默地比较着名片上的称呼。

"是的,我是私家侦探殿村弘三。由于时间的关系我就直说了。请问,您一定很珍惜令公子的生命吧?您还希望尽快取回公司的重要文件吧?"

殿村直奔主题,他坐在椅子上,拐杖竖在两腿中间支撑着下巴,直勾勾地盯着相川。

"那是自然……"相川一边琢磨着对方的意图,一边喃喃地说。

"要是那样的话,您迄今为止的做法都是错的。听说明智小五郎接受了贵公司的委托,协助警方侦破此案。可是,像他那样乳臭未干的侦探,真能委以重任吗?文件被盗已经五天了吧?至今什么线索也没找到。看来,指望警察是不可能了,明智嘛,我看也是白白浪费时间。相川君,贵公司为什么不委托我呢?我只要你们给明智的一半时间,就可以替贵公司找回失窃文件,还可以救出四个少年。就连罪犯是谁,我也可以告诉贵公司。"

这家伙竟然口吐狂言,污蔑明智乳臭未干。他到底是谁?相川惊呆了,瞪大眼睛诧异地注视着殿村。

"请等一等,照您这么说,您知道罪犯是谁?"

"是的,我这里有明智做梦都无法知道的重要线索,怎么样?相川君,别委托明智小五郎了,还是委托我吧。我保证最多十天,就可以将文件和少年们带回来。"殿村胸有成竹，似乎不完全是信口开河。虽说长相异常，可仔细看，那对眼睛似乎能洞穿别人的心思。总之，与普通人不一样。

相川琢磨着对方的话，渐渐被说动了。

"殿村君，您如果真能办到，我们当然乐意委托您。可作为公司来讲，已经与明智签订了全权委托的合同，不可能随意解除，也不能立即与您签订委托合同。不过，我会把您的意见转告公司，并且尽快给您答复。"

"那是当然的。不过，能否把明智小五郎请到这里来一下？侦查案件必须争分夺秒，像他那样磨磨叽叽的侦查态度是不可取的。这样吧，您还是给明智小五郎打个电话吧，告诉他我在这里等他。他只要一到这里，立即就会明白我是谁，你们嘴里的什么大侦探，立马就会甘拜下风。"

这家伙愈发狂妄，可相川竟愈发对他深信不疑，决定立刻与其他领导干部商量。大家都觉得既然他敢口出狂言，一定是有切实的证据，不妨先按他的要求把明智找来。于是他们立即给明智侦探事务所打了电话,接电话的正是明智本人,听说有一个叫殿村的侦探在东洋制造公司大楼等他,答应立即赴约。

三十分钟后,明智像平时那样笑盈盈地走进会客室。会客室里,相川和殿村已经等得有点不耐烦了。相川见明智进来,赶紧起身为他俩做了介绍。

殿村直奔主题:"明智君,你是破不了这个案子的。据我所知,几天来你好像一点线索都没有。"

明智不以为意,反而笑了:"哈哈哈……如你所言,我的确还没有任何线索,但并不像你说的那样,破不了这起案件。类似这样看似疑难的案件,我已经碰上几十起了,不都被我一一侦破了吗。"

"呵呵呵……你这人还真能自吹自擂。几天过去了,连一丝线索都没有找到,这也太差劲了吧。而我已经知道罪犯是谁,只要找到贼窝所在地就能侦破此案。我手里握有重要证据。怎么样?明智君,我劝你还是认输吧。我已经对相川总工程师立下军令状,从今天开始十天之内侦破此案,并且将文件和四个少年送到这里来。请问,明智君,你敢立下这样的军令状吗?"殿村洋洋得意地呲着黄色龅牙,唾沫四溅地说个不停。

明智不声不响地听完,看了殿村一眼说:"十天时间,好像长了一点,我只要五天就可以将罪犯捉拿归案。"

听闻此言,殿村脸色一沉,死死盯着明智。突然,他大声吼了起来:"你,你说什么?你刚才不是还说没有找到任何线索吗?居然敢夸下海口,说什么只需要五天时间就可以破案。这不是信口开河又是什么?"

"当然不是信口开河。找到线索,抓获罪犯,带回文件和少年们,不就这么点事吗?五天都嫌太慢。我与委托人约定的侦破期限,迄今为止一次都没有逾期。"

"哼,什么线索都没有,只是随意地约定期限,行吗?你这侦探真是荒唐透顶!好吧,我只要四天就可以破获此案,四天!"殿村那张丑脸涨得通红,气急败坏地吼道。

"好,那我也四天破案。"明智不慌不忙,胸有成竹。

"可恶！像你这样胡说八道谁都会，我可不是随便说说。"殿村站起身来，好像要冲上去一口把明智吞了，他伸出三个手指，"三天，我只要三天时间就可以破案。今天是九日，十一日晚上十二点之前，一定侦破此案。"

"好，我也约定十一日晚上十二点之前侦破此案。"明智寸步不让。

相川在一旁默不吭声地看着两人唇枪舌剑，觉得这样的意气之争根本于事无补，于是打断两人道："像现在这样纠结破案时间根本没有任何意义。对我们公司来说，不管是谁，找回文件和孩子才是当务之急。我建议，你们俩分头侦查，尽快将罪犯绳之以法。尽管我们无意让你们展开竞争，但殿村侦探如此热心，我们也没有理由拒绝。明智君，您有什么意见吗？"

"相川先生，这种幼稚的争论让您见笑了。如果贵公司这样决定，我没有意见。我愿意同这位殿村侦探展开捉拿罪犯的竞争。到目前为止，我还没有任何线索,这样的竞争对我来说是严峻的考验,但我信心十足,一定会率先侦破此案。"明智心平气和地接受了相川的建议。

"殿村侦探,您有意见吗?"

"想跟我竞争,明智君似乎还不够格。不过既然他想试试,那我就奉陪,接受他的挑战。但是,明智君,我想提醒你的是,现在认输还来得及,别怕什么难为情。否则,你输了可别怪我。可以说,你输定了,而我稳操胜券,哈哈哈……"殿村满是讥讽。

乞丐少年

明智和殿村一前一后离开了东洋制造公司。

殿村连招呼也不打,恶狠狠地瞪了明智一眼,然后才拄着拐杖佝偻着身子步履蹒跚地离开了。

这时候,一个小乞丐突然从门洞里闪出身影。那少年大约十四五岁,蓬头垢面,长长的乱发遮住了整个额头,脸上黑得跟抹了烟灰似的,身上的衣服又脏又破。

小乞丐抬头看了一眼正在目送殿村离开的明智,明智也看了小乞丐一眼,双方交换了一下眼神,无声地笑了起来。小乞丐没有开口说话,直接跟在殿村后面走了。前面是挂着拐杖、弓腰驼背、步履蹒跚的殿村，身后不远跟着脏兮兮的小乞丐，远远望去，这一老一少酷似相依为命的爷孙俩。

明智回到事务所就开始悠闲地看起书来，丝毫没有外出侦查的迹象。吃过晚饭，他又回到房间，在桌上摊开白纸，开始计算十分复杂的高等数学题。这是明智的一大乐趣，只要一有空闲或者遇上棘手问题，就会找一些令人头痛的数学难题计算解答，说是怪癖也不为过。可他现在还有这种闲情吗？他已经向委托方立下了军令状，保证三天内将罪犯捉拿归案。竞争对手殿村侦探此时此刻绝不会在房间里闷头睡大觉，他肯定正积极地四处排查。然而，明智却把宝贵的时间花在这些与案件毫无关系的数学难题上，他到底在想什么呢？

晚上八点，有人溜进了明智的房间。窗外婆娑的树影中人影晃动，那家伙趴在窗前看了看房里的动静后，推开窗户钻了进来。不就是那个家伙吗？就是那个白天跟在殿村背后的小乞丐。他这个时候来明智的房间干什么？明智仍在埋头计算，似乎毫无察觉，一直到小乞丐走到桌旁，才抬起头来看着他。两人对视了一下，会心一笑。小乞丐凑到明智耳边嘀嘀咕咕说了好半天，说完又笑了起来。

明智边听边不住点头，然后举起右手打了一个奇怪的手势。小乞丐不再说一个字，离开桌旁，从窗户跳到院子里，随即消失在夜色之中。

立下军令状的第一天，明智没有外出，而是独自一人待在自己的房间里。第二天也是如此，一步也没有离开自己的房间，心无旁骛地解着数学题。只是晚上八点，昨晚那个小乞丐又从窗户溜进房间，附在明智耳边轻声说了些什么，然后又跳窗走了。

空 屋

　　三天的期限转眼就到了，相川翘首以盼，等着两位侦探的捷报。可等了整整一个大白天，什么音信都没有，眼看天就要黑了。当初两人为了破案期限争得面红耳赤，没想到最后谁也没能兑现自己的诺言。相川感到失望了，打算下班回家。就在这时候，传达室的接待人员敲门进来递上一张名片，说有一个自称殿村弘三的侦探求见。

　　相川赶紧吩咐接待员请客人到会客室，自己则大步流星地朝会客室走去。殿村一见到相川，立刻口若悬河："按照约定的时间，我终于找到了罪犯的据点。明智还没来吧?他肯定一无所获。这么说,我赢了。现在请您跟我一起去,顺道去一趟警视厅,请他们派警队前往,将罪犯的据点一窝端。"

"真的吗?太感谢了。如果能取回被窃的文件,救出孩子们,那就太好了。罪犯的据点在哪儿?"相川喜出望外。

"现在还不能说,隔墙有耳,一旦走漏风声可就麻烦了。不过,您马上就会知道的。现在赶紧跟我一起上路吧。"

相川深信不疑,向其他几位公司领导报告了这个喜讯,随后亲自驾车带着殿村朝警视厅驶去。

专案组负责人中村警部恰好在警视厅,听完殿村的汇报马上决定带上数名警官分乘两辆警车一同前往。按照殿村的指挥,三辆车停在麻布六本木一带的偏僻住宅街上。下车后,大家紧跟在殿村身后,沿着昏暗街道走了约五百米,来到一栋红色砖墙、古色古香的西洋别墅前,正是蛭田博士的别墅。

"诸位,这就是罪犯的据点,请大家保持安静,千万别让罪犯察觉我们的行动。请警官分组包围所有的出入口。"

根据殿村的建议，中村警部命令警官们分别把守所有的出入口。

"就我们三人进入别墅，我在前面带路。我们可以破门而入，但我建议还是不要打草惊蛇。"

于是，殿村、中村警部和相川三人轻手轻脚地进了院子。他们来到玄关，发现大门敞开着，别墅里也没有灯光，犹如一座空屋。

"咦，奇怪，怎么会这样？"殿村似乎百思不得其解。

"罪犯知道被盯上了，说不定已经逃之夭夭了。"中村警部轻声说。

"不，那是不可能的。我向来小心谨慎，绝不可能让对方察觉。总之，我们先进去查看一下吧。"殿村说完，径直闯入别墅，不一会儿，他好像摸着了墙上的开关，打开了走廊上的电灯，"请跟我来，走廊尽头是罪犯的书房，我们先去那里搜查一下。"

殿村似乎对这栋别墅的情况了如指掌,带头向走廊深处走去,把另外两人领到了书房。可书房里空空荡荡,空无一人。

"奇怪,果然闻风逃走了。但是,还有许多地方没有搜查,另外,这别墅还有地下室。"殿村一边说,一边点燃了书房大桌子上的蜡烛。他端着蜡烛走到书架前,从书架上取出两三册外文书籍,再把手伸进去摆弄了一下。于是,书架的一部分犹如房门似的,无声地开了,露出了书架背后的密室。相川和中村警部被这出人意料的"机关"惊呆了,衷心佩服殿村的侦查工作认真和细致。

"这密室里有去地下室的楼梯。"殿村一边得意扬扬地解释,一边手持蜡烛当先引路。因为弓腰驼背还拄着拐杖,殿村在狭窄的楼梯上以怪异地姿势向下挪动,与当下阴森的气氛非常相称。一瞬间,相川和中村警部甚至觉得殿村仿佛是来自另一个世界的妖魔。

为防万一,中村警部掏出手枪,让手无寸铁的相川走在最后。他一边紧随殿村身后,一边警惕地不住四下张望。

走下楼梯，推开一道铁门，三人来到了地下室。这里就是曾经关押泰二等人的地方。现在这里空无一人，只有地下室特有的潮湿气味扑鼻而来。

殿村举起蜡烛，仔细观察每一个角落，没有发现可疑的东西，也没有发现可以藏人的地方。

"怎么什么都没有啊。"殿村满脸讶异地嘀咕着。

中村警部命令守在别墅出入口的警官们分成两个小组，对别墅展开地毯式的搜查，结果连一个人影都没有见着，这别墅果然成了一栋空屋。

搜查完毕，殿村、相川和中村警部一起回到书房。他们站在大桌子前，一声不吭，面面相觑。

"殿村君，看来我们扑了个空啊。"中村警部开始怀疑起眼前的殿村侦探，语带责难。

"不，不应该这样。罪犯确实在这栋别墅里，文件和四个少年也都在这里。"殿村焦急地四处张望，喃喃自语。

"现在不是连一个人影也没见着吗？难道我们的搜索还不够细致？"

"请等一下,我觉得四个少年就在眼前,只是我们还没能把他们找出来。"殿村拄着拐杖在房间里来来回回地踱着步。两条毛毛虫般的眉毛下,那对眼睛里闪着异样的光芒,裸露在外的几颗龅牙之间唾沫四溅,嘴里不停地念着什么,似乎在高度集中自己的注意力,聚精会神地思考着什么。

片刻,殿村的脚步猛地停了下来:"对,肯定是这样。我太蠢了,怎么连这也没想到。"说完,他走到房间角落,那里伫立着一座等人高的索福克勒斯石膏像。殿村走到石膏像前,突然举起拐杖,朝着石膏像肩膀歇斯底里地敲打起来。石膏像被打得左右摇晃,不一会儿,右手臂就折断了,碎片连同粉末雪片似的掉落在殿村的手臂和身上。

抢先破案

一旁的相川和中村警部万分惊讶,跑到殿村身边。

"殿村君,你怎么啦?没有抓住罪犯也不能把气出在石膏像的身上啊,快住手。"相川拉住殿村高举的手臂责备道。

殿村停住手,但仍气呼呼的。那张丑陋的脸上,五官纠结在一起。他大吼道:"这些石膏像才是最可疑的。难道你们看不出来?你们瞧,这石膏像连脚都没有。真正的索福克勒斯像,服装下面应该露出两只脚,可这石膏像却没有,其他三座石膏像也没有脚,都被服装遮掩着,你们难道不觉得奇怪吗?古希腊的塑像都是全裸,即便身穿衣服,手和脚必须裸露在外,这是最简单的常识。可这四座模仿古希腊塑像制作的石膏像都没有脚,衣服遮得严严实实,就像四座呆头呆脑的立式大钟。这栋别墅的主人特意请人制作了没有脚的石膏像,为什么?一定是为了藏什么东西,这东西显然不小,为了不把石膏像弄倒,才特意定制了这怪异的样式。哈哈哈……你们还不明白?那好,请你们仔细看好了。我现在就揭开石膏像的秘密。等一等,拐杖用起来不顺手,我想起来了,那密室里应该有铁榔头。"殿村边说边从密室里取出一把大铁榔头,"好,你们看好,如果我的推断没有错,石膏像里的东西肯定能让你们大吃一惊。"殿村话还没有说完,那把铁榔头已经被高高举起。

一下,两下,三下……石膏像发出开裂的响声,粉末四溅,大块的碎片掉落在地上。渐渐的,石膏像的内部露出了奇怪的东西。瞧,是人的脑袋……是嘴里塞着手帕的少年,脸色苍白。

"快住手！"相川不由得大喊。可殿村并没有停下手中的榔头，继续敲打，石膏像终于变成了一地碎屑。

少年不仅嘴里塞着手帕，手脚也被绳子绑着，根本无法动弹，身上穿的还是睡衣。

"泰二！是泰二！"相川激动万分，一个箭步冲到泰二身边，赶紧将他抱起。

相川没有认错，那少年确实是他的爱子相川泰二，身上穿的还是出走时的睡衣。

中村警部上前帮着一起为泰二松绑，取出嘴里的手帕。泰二似乎并没受伤，只是呼吸困难，神志不清。过了好一会儿，他终于苏醒过来，慢慢睁开眼睛，盯着相川看了好一会儿，突然喊了一声"爸爸"，便依偎在相川怀里失声痛哭起来。

"哈哈哈……怎么样，相川先生，您现在明白了吧？把人藏在石膏像里，亏他想得出来。剩下三座石膏像也必须一一打碎。"

随着一阵震耳欲聋的响声，石膏像的碎片掉了一地，这一回出现的，是一个身穿黑衣服的少年。

与泰二一样,也是嘴里塞着手帕,手脚被捆着——是大野。

殿村越来越得意了,呲着龅牙大笑不止。接着,他又把剩下的两座石膏像敲打得四分五裂,里面是齐藤和上村。

少年们都没受什么伤,松绑之后很快恢复了元气,见彼此平安无事,凑在一块儿欢欣不已,还不忘向三位长辈鞠躬致谢。

中村警部和相川刚才还觉得这位相貌古怪的侦探喜欢说大话,可眼前这戏剧性的变化让他俩不得不佩服,他确实可以称得上大侦探。

明智登场

就在这时,书房外的走廊上响起一阵脚步声,夹杂着大声争吵的声音。中村警部推开门,发现走廊里自己的部下正跟几名身穿西装的陌生男子互相推搡。

"怎么回事?这些是什么人?"中村警部大声问道。

一名警官立即答道:"是新闻记者,说什么跟殿村侦探约好的,无论如何要我们放他们进去。"

殿村听警官这么说,马上来到门口:"啊,诸位是新闻记者吗?来得正是时候。没关系,都进来吧。中村君,我来这里之前用电话通知他们了,他们答应两小时后发表案件真相。"

"现在还为时太早,罪犯还没有抓获……"中村警部皱着眉头。

"罪犯?哈哈哈……再过一会儿,我就把罪犯送到您手上。中村君,别皱眉头,就看我的吧。四个少年不是都找到了吗?"

面对少年相继获救的事实,中村警部实在难以反驳。再说殿村是大侦探,请新闻记者造势也能震慑其他罪犯。于是,中村警部让在一边,默许新闻记者提前介入。

"各位记者,请你们到这里来一下,好好看看被打坏的石膏像和四个少年。这是出走后失踪的相川君,这是被绑架的三名少年。瞧,这是大野,这是齐藤,这是上村。什么?要拍照?给这些获救的少年拍照?行,行,行,你们拍吧。不过,在拍照之前,我还要让大家看一样东西,就是东洋制造公司失窃的机密文件。我已经知道文件藏在何处,马上就当着大家的面把它找出来。说是找,其实也没那么麻烦,瞧,就在这儿,这个废纸篓里。"殿村似乎在开玩笑,从大桌子下面的废纸篓里取出一团废纸。

"相川总工程师,请确认,这是不是您保险柜里被盗的机密文件?"

相川急忙跑到殿村跟前一把夺过纸团,像这种机密文件,一旦被记者看到可就麻烦了。他跑到房间角落一张一张地摊开核实,再将纸上折皱的地方摊平,如获至宝地塞进公文包里。

"相川总工程师,瞧您那般郑重的模样,想必是真的吧。"

"嗯,确实是被盗的机密文件,好在一张也没少。可是,罪犯如此煞费苦心盗走的文件,为什么扔在废纸篓里?这到底是怎么回事?"

"哈哈哈……相川总工程师,按照你们那样的逻辑是无法理解的。罪犯可是魔术师,魔术师总是会做出一些常人意料之外的事情。就像把四个少年藏在石膏像里,文件也是一样,谁都想不到这么重要的文件竟然会在废纸篓里,还被团成了皱皱巴巴的一团。一提到搜查，人们的注意力多半会集中在上锁的抽屉或者秘密壁橱，像废纸篓那样的地方，谁都不会去特意看一眼，罪犯正是利用了这种心理盲区。诸位，现在明白了吧？"

殿村又一次令人刮目相看，就连中村警部也不得不佩服。尤其机密文件，殿村居然一口断定在废纸篓里。新闻记者们更是瞪大眼睛，赞叹不绝。

殿村春风得意，伸展了一下驼背，傲慢地朝后仰了一下，右手拄着拐杖，左手拇指搭在西装背心里，其余四个手指有节奏地叩打前胸，开始演说。

"各位新闻记者，正如大家刚才亲眼所见，四个少年和机密文件被藏在了谁都没有想到地方，而我，殿村大侦探，运用高超的侦探技巧把他们找了出来。这些，足够你们在明天的晨报上写上三五千字了。你们报纸的发行量肯定会因此比往日多出一倍。

"我还要向大家爆个料。这次的案件，明智小五郎比我早好几天就接受了东洋制造公司的委托。对，就是被誉为日本第一大侦探的明智小五郎。我们展开了竞争,看谁能先侦破此案。结果正如大家所见,毫无名气的私家侦探殿村弘三赶在明智小五郎前面,成功侦破此案。

"各位,希望你们重点报道这一情况。让市民们知道,殿村弘三才是真正的大侦探。从现在起,明智小五郎不再是日本第一大侦探,我殿村弘三才是。他现在还不知在哪里闲逛呢,等明天看了你们的报道一定会瞠目结舌。哈哈哈……我终于战胜了他。

"各位,希望你们一定要重点报道,标题一定要醒目。哈哈哈……我真想看看明智小五郎的狼狈相。三天前,他曾当着相川总工程师和我的面信誓旦旦,说在三天之内侦破此案,现在只有不到两个小时了,他连罪犯的据点在哪儿都一无所知。哈哈哈……喂,喂,明智啊明智,你到底在哪里转悠呢?"

殿村眉飞色舞,呲着龅牙唾沫四溅。就在这时,房间里突然传来笑声,比殿村的声音还要响亮,似乎听到了什么十分有趣的笑话。

殿村大吃一惊,瞪大眼睛看向笑声传出的地方:"是谁?谁在笑?有什么好笑的!我说的都是事实。停下,快给我停下!"

一名男子从新闻记者中间走出来,满脸笑容地来到殿村跟前:"殿村君,明智在这里。你刚才不是问明智在哪里吗?还说想看一下他的狼狈相。我没记错吧?你既然那么想看,那就让你看一下我这张脸。"

殿村脸色骤变,不由得连连后退。说话的人虽然一身新闻记者的打扮,可他确实是明智小五郎本人。

"哈哈哈……你那么慌张干什么呀?我刚才站在新闻记者团的后排洗耳恭听了你的演讲,说得太好了。托你的福,我肚子都笑疼了。"明智说着又笑了起来。

罪犯落网

明智的突然出现让在场的所有人都猝不及防，尤其是殿村。然而慌张的神色在殿村的脸上一闪而过，他随即恢复了原来的模样，也跟着大笑起来："哈哈哈……这不是明智大侦探吗？案子已经破了，被我，殿村大侦探。你能不能跟大家说说，这些天你究竟干了些什么。四个少年安然无恙地站在这里，机密文件也已经完好无损地回到了相川总工程师手里，这都是我的功劳。明智君，你来这里干什么？是和我争功，是当众出丑，还是求我收你做弟子？"

面对殿村的奚落,明智仍然面带微笑:"我是来欣赏你高超的侦查技巧和一流的推理的。不过,你刚才说的这些我早就知道了。"

"哼,嘴硬也要有个限度啊。事情是明摆着的,你已经彻底输了。既然案件已经侦破,你还来这里干什么?说什么你早就知道了,你以为有人会相信吗?这样的话你也说得出口,真是恬不知耻。"

"我知道的还不止你刚才说的那些呢,我可以给你,不,给大家看看证据……"

"你还不想认输?太有意思了。好吧,那就拿出你所谓的证据给我们看看吧。"

"这可是你说的。"明智微微冷笑,双眼紧盯着殿村那张丑陋的脸。

殿村镇定自若,毫不胆怯:"没错,就是我说的。"

"那好,我先提一个问题。你说过要将罪犯捉拿归案,究竟何时兑现?虽说你找到了机密文件和那四个少年,却放走了重要的罪犯。就这样还大肆吹嘘自己破了案,你难道不觉得可笑吗?"

"哼,虽然我没有抓到罪犯,可失踪的四个少年和机密文件全都找到了,这难道还不够吗?你现在这么求全责备,我倒要问问,是不是你已经抓住罪犯了?还是知道罪犯在哪里?呵呵呵……"

殿村的嘲讽明智似乎早已料到,针锋相对地说道:"是的,我知道罪犯是谁,而且马上就能把他捉拿归案。"

"什么?你在胡说什么?马上就能捉拿归案?哈哈哈……你倒是把罪犯请出来让我们看看啊。"

"你真想看看?"

"当然,只要你能做到。"

"罪犯就在这里,就在这房间里。"

明智语惊四座,大家不由得面面相觑。明智说罪犯就在这个房间里,可这里除了相川总工程师、中村警部及其部下、新闻记者和四个少年外并没有什么可疑人物。难道就罪犯混在这些新闻记者中?不可能,特意跑到满是侦探和警察的房间里,岂不是自投罗网。

"喂,喂,明智君,你胡说什么?是不是还在做梦?你说罪犯就在这房间里,那他藏在哪儿了?"不知何故,殿村脸色有些发白,他舔了舔嘴唇逼问道。

明智胸有成竹,指着殿村的鼻尖:"殿村君,不,还是喊你蛭田博士吧。你,就是罪犯。"

殿村仿佛被子弹射入胸膛似的,踉跄了几步,脸色骤变。他就像一头被逼入绝境的野兽,歇斯底里地逼问明智:"你,你说什么?简直一派胡言!我是殿村弘三,大侦探。明智小五郎,我看你是不甘心认输才故意诬赖我。中村君,这家伙从刚才就一直胡说八道,请把他轰出去!"

"殿村君,不,蛭田博士,希望你不要再装模作样了。关于你的一切,我都清楚。你如果不是罪犯,为什么脸色都变了?你这做贼心虚的样子大家都看到了。你还是投降吧,垂死挣扎可不是你的风格。"明智慢条斯理地说道。

"胡说!你这个疯子!你这么诬赖我,有证据吗?"

"你真想要我出示证据吗？"

"你当然没有证据。说我是罪犯，怎么可能有证据。"

"证据就在这里。"明智大喊一声，飞身朝殿村撞去。

殿村猝不及防，被明智死死压在身下。他拼命挣扎，两人扭打在了一起。在场的所有人都被这场突如其来的激烈格斗惊呆了，一时间都愣在了当场。不过两人很快就分出了胜负，明智成功撕掉了殿村脸上的假面具。

明智抓着垂头丧气的殿村的手腕把他强行拽了起来，再看殿村已经完全变成了另外一个人：两条毛毛虫般的粗眉毛不见了，取而代之的是一对细而漂亮的剑眉；黄黄的龅牙变得整齐洁白；从脸颊到下巴干干净净，稀稀拉拉的脏胡子全都没了，只有乱蓬蓬的头发还是原来的模样。

"各位，这才是殿村的真面目。像他这样的化装，确实让人难以识破，这家伙实在是犯罪史上史无前例的化装高手。"

听了明智的这番解释,大家仍有点半信半疑。丑陋的驼背竟然眨眼间就变成了如此英俊的年轻人,大家怎么也不相信自己的眼睛,还有人使劲揉了揉自己的眼睛。

怪　脸

　　殿村的假面被揭穿了，可他却不知何故突然大笑起来："哈哈哈……说我是蛭田博士，这也太可笑了。明智君，你该不会是疯了吧。那个蛭田博士有这么年轻？哈哈哈……明智君，你真会开玩笑。哈哈哈……诸位，请大家仔细看一下我这张脸，怎么可能是蛭田博士。对了，被我救出的四个少年不是还在这里吗？他们都曾受过蛭田博士的折磨，当然记得那魔鬼的模样。喂，泰二、大野、齐藤、上村，你们都过来，仔细看看我的脸，再好好想想，我和那个蛭田博士到底是不是同一个人。"

听殿村这么一说,四个少年不由得相互对视,凑在一起窃窃私语。不一会儿,泰二代表四个少年发言。他清了清嗓子向前跨出一大步,大声说道:"这个人不是蛭田博士。蛭田博士年纪比他大许多,再说脸形、五官和声音都不一样。"

殿村听完少年的证词更加得意起来:"大家听到了吧。再说,如果我是蛭田博士,又怎么会把警察带到这里来呢?还把费尽心机弄来的四个少年和文件统统交给警方和相川总工程师?这不是太荒唐了吗?哈哈哈……"

此刻的明智,依然是一派大将风度,看不出一丝慌张。

中村警部插话了:"殿村君,你的化装术怎么会如此高明?如果与罪犯无关,为什么要化装呢?这,你怎么解释?"

是的,殿村即便不是蛭田博士,至少也是一个多少有点可疑的人物。

"哈哈哈……中村警部的问题,确实是站在专家的角度提出的。但是您只知其一,却不知其二。

要知道,我是个私家侦探,侦办案件的时候有时不得不视情况进行必要的化装。站在这里的明智小五郎不也是这样吗?说起来,他高超的化装术并不亚于我。也就是说,侦探化装并不是什么稀奇的事情。我这样做只不过是搜查需要。中村警部,这样解释您还满意吗?"

殿村为自己找到一个天衣无缝的借口,明智似乎正处在不利的尴尬境地,但他还是不慌不忙,紧盯着殿村的脸:"你说我是化装高手?受到你这位化装怪才的夸奖,真是三生有幸。你的化装术就连中村警部也难以识破,太了不起了。像你这样的化装高手化装成其他人,例如蛭田博士,完全能骗过少年。这不值得大惊小怪,也不足以证明你就不是蛭田博士。"

"你,你说什么?"

"你真不明白吗?我说的是,一人扮演三个不同的角色,蛭田博士是你假扮的,殿村侦探也是你假扮的。"

"呵呵呵……你还真是异想天开。就算你说的这些都是真的，那不就成了我犯罪之后再自己揭发自己吗？怎么会有这种荒唐事。明智先生，别再胡搅蛮缠了，如果还有其他证据就快点拿出来吧，当然，我说的可是实实在在的证据。"

明智轻咳一声，开始反击，声音出奇的平静："你想看证据吗？"

"当然，如果你真的有的话。"

"那好，你抬头看看天花板。不，不是那儿，是屋角那儿。"

殿村抬头看去，不由得惊呼出声。屋角一块天花板不知什么时候被卸掉了，露出一个黑洞洞的方形洞口，一张怪脸从中探了出来，正嬉笑着向下张望呢。不只殿村，大家都被这突如其来的诡异情景吓呆了，目瞪口呆地看着那个洞口。

大获全胜

那张脸猛地缩回屋顶漆黑的夹层,然后两只脏兮兮的脚从洞里伸了出来,接着是膝盖,腰,肚子,一点一点地滑出洞口。最后,两只手抓住洞口的边沿,整个身体悬挂在天花板下,表演体操似的来回晃了几下,就稳稳当当地跳到了地上。

落地之后,这人看着大家,脸上露出了笑容。

这是一个大约十四五岁的小乞丐,谁也没想到他会从天而降。

"殿村君,你认得这个少年吗?从你第一次出现在东洋制造公司那天起,他就一直尾随在你身后。请仔细看一下，你一定能想起他。"

殿村瞪大眼睛注视着这个小乞丐，渐渐的，他的脸色起了变化，他确实见过这个小乞丐几回。

"各位，请允许我介绍一下。别看他衣衫褴褛，其实他根本不是什么乞丐，而是我的少年助手小林芳雄。是我让他化装成乞丐的。他从前天起就开始跟踪殿村，殿村的一举一动都没有逃过他的眼睛。并且，小林每天都会向我报告他的行踪。"

在场的人一听说是少年侦探小林芳雄，又是大吃一惊。

"现在就请小林来给大家讲讲殿村的秘密吧。"

"我根据明智先生的命令跟踪了殿村。亲眼看到殿村趁门口没有行人的时候，鬼鬼祟祟地溜进这栋别墅。我把这一情况报告了明智先生。他让我趁殿村外出的时候潜入别墅的天花板夹层里。尽管夹层里又矮又黑，但我克服了困难，出色地完成了任务。我在夹层里展开了全面调查，并在每一个房间的天花板上，用小刀切开一条缝隙，以便窥视房间里的动静。

"这两天我几乎把别墅里的所有秘密都摸清楚了。我现在可以郑重地向大家宣布,这家伙不光是殿村,还经常化装成另一个人。即在下巴处贴上三角假胡子,在鼻梁上架一副宽边眼镜,化装成五十岁左右的绅士。化装成绅士后,他先后从地下室将泰二等四个少年带到这个房间,在他们嘴里塞上手帕,再绑住他们的手脚,最后把他们一个个塞进石膏像里。石膏像的底部有一个很大的洞口,四个少年就是被他从那个大洞口塞进去的。

"他在训斥和恐吓泰二他们四个少年的时候,称自己为蛭田博士。那天趁殿村外出,我又跑回事务所把这一情况向明智先生做了汇报。"

既然全被小林看见了,殿村的丑恶面目已经彻底暴露无遗。他脸色苍白,咬牙切齿地盯着小林,似乎并不甘心就此认输,还想做最后的一番辩解和挣扎。突然,他歇斯底里地狂笑起来:

"哈哈哈……喂,你这臭小子,少在这里胡说八道。你说我化装成蛭田博士?这怎么可能。

我本人都不知道有这回事,我根本就没有那样化装过。"

面对殿村的百般抵赖,小林毫不退缩,突然从他那破烂衣服里取出一个假发套,递到殿村眼前,用激烈的语气训斥道:"你既然不承认,那好,请你把它戴上。你化装蛭田博士用的假发套、假胡子和眼镜都在我这里。你白天卸装后把这些化装道具扔在那个秘密房间里,我已经把它们都拿到这里来了。现在,你把假胡子粘上,把宽边眼镜戴上,再让泰二他们辨认一下,你究竟是不是那个蛭田博士。"

此刻的殿村,再怎么不认输,也已经没有勇气戴上小林拿出的假发套、假胡子和宽边眼镜站在四个少年面前。眼下,他已经走投无路。只见他那对布满血丝的眼睛四下张望,好像在寻找逃生的机会。突然,他露出一副凶神恶煞的表情,一步步向后退去。原本他一直站在书房正中央的那张大书桌前,不知不觉间已经退到了大书桌的背后,悄悄踩下了书桌下地面上凸起的机关按钮。

踩下机关按钮后,明智和小林站着的那处机关陷阱原本应该启动的,可不知为什么,竟没有一点动静。殿村又用力连续踩了几下,地板仍是纹丝不动。

"哈哈哈……"明智突然大笑起来,"请别再玩那种小把戏了。告诉你,那个按钮已经不起作用了。我来这里之前,已经在地下室将机关装置拆了。现在,你就是把地板踩穿了,陷阱盖也不会打开。"

"可恶!"殿村气得五官挤成了一团,歪着嘴大声骂道。猛然间,他飞身朝敞开的"书架门"背后的秘密房间跑去。就在他跨进房间的一刹那,电灯"啪"地熄灭了,房间里顿时漆黑一片。不用说,是殿村关闭了墙上的电灯开关。漆黑的房间里顿时乱作一团,杂乱的脚步声与叫嚷声交织在一起,还夹杂着尖叫声。

"各位,请大家不要慌张,静一静,静一静。那家伙已经是瓮中之鳖,跑不了的。房间的出入口都有警官把守着,无论房间怎么暗,他也是逃不掉的。"

这是明智的声音。进入书房之前,他已经向中村警部手下的警官们亮出自己的身份,吩咐他们牢牢把守通向走廊的出入口。就连从秘密房间通向地下室的门也被警官们堵住了。

不一会儿,房间里又有了光亮,是烛光。那是之前殿村引大家进屋时端着的蜡烛,就放在大书桌上。中村警部猛然间想起这支蜡烛,立即用打火机将它点燃了。借助微弱的烛光,明智冲进秘密房间,展开了仔细的搜查,却什么都没有发现。

"这门没有打开过吧?"明智朝着通向地下室的门问道。

门开了,门外站着两位荷枪实弹的警官。

"没有,没有人出来过。"其中一位拿着手电的警官回答道。

明智从他手里拿过手电,又回到秘密房间里翻箱倒柜地仔细搜寻,还是没有见着殿村的影子。他又检查了墙上的电灯开关,开关已经被殿村弄坏了,一时无法打开房间里的电灯。明智又返回书房，朝通往走廊的门走去，还没等他向把守的警察询问，记者们已经七嘴八舌地说了起来："这里没有人出去过。"

慎重起见，明智又检查了窗户，两扇窗都是紧闭的，没有异常情况。窗户旁边，站着相川总工程师和四个少年。殿村不可能从这里逃跑。所有的地方都仔细搜查过了，没有发现一点殿村逃跑的蛛丝马迹。难道是魔法？或者忍术？

"各位，大家请站在原地，那家伙肯定混在大家中间。"

明智这么一说，大家不再走动。借助朦胧的烛光，明智开始仔细打量每个人的脸。由于对手是化装高手，而且之前先冲进了放满化装道具的秘密房间，很有可能利用刚才的混乱将自己化装成另一个模样。

当然，他是不可能化装成少年的。房间里有五个少年，分别是小林、泰二、上村、齐藤和大野。大人有十个左右，明智、中村警部、相川总工程师和六七位记者。即便熟悉的脸，也必须认真核实。

可由于房间里只有微弱的烛光,所有人看起来都像化过装的。

明智逐一照亮每个人的脸,仔细打量。最后是记者们,他不可能记得所有记者的长相,于是更加仔细谨慎。

"你们总共有几个人?"明智问道。

"七个。我们之前在走廊上点过人数的,一共是七个。"一位记者答道。

"不,应该是六个。在走廊上点数的时候我也是其中一个。"当时明智扮作记者模样,没有说出自己的姓名。

"对,现在应该是六个。"

"请再清点一下人数。"

"咦,奇怪,怎么多了一个!"

听记者们这么一说,明智噗嗤一声笑了:"果然。"

明智一边嘟哝着,一边又打开手电挨个照在七个记者的脸上仔细辨认。当手电照到最后一名记者的时候,光束不再移动了。

"各位，这位是哪家报社的记者，你们能回忆起来吗？"

圆圆的光束犹如电视里的特写镜头，照出一个年轻记者的脸。乌黑光亮的头发朝两边分开，这是一个当下十分流行的发型。鼻梁上架着一副宽边眼镜，还留着一撮小胡子。

"奇怪，你是哪家报社的？我们怎么想不起来。"两三个记者表达了同样的疑问。

"哈哈哈……当然没有印象，因为他根本不是记者。瞧，他的化装简直不需要时间。"

话音刚落，明智的手就伸到了对方的头上，一转眼，那家伙的假发套、假胡子和眼镜纷纷掉落在地，暴露在众目睽睽之下的是殿村那张年轻的脸。他做梦也没有想到，这么快就原形毕露了。殿村哭丧着脸，连说话的力气也没有了。

"你自知走投无路了，所以混在记者中间。如果顺利的话，就可以若无其事地与记者们一道离开。这如意算盘打得还真不错。哈哈哈……没想到吧，你这不可一世的大盗居然也会落到如此进退两难的境地。中村君，快把他抓起来。"

不等明智说完，中村警部已经把手搭在了殿村的肩膀上，吩咐把守门口的警官进来将殿村的双手反绑在了身后。

金蝉脱壳

四名老练的警官押着自称蛭田博士的家伙走出红砖别墅的玄关。罪犯垂头丧气，似乎已经认输，即便他心有不甘，无奈双手被反绑在背后，还有四名身强力壮的警官押送，也已经没有半点办法了。

明智、中村警部、相川总工程师以及五名少年继续留在书房接受记者的采访。

明智十分担心押送途中蛭田博士伺机逃跑，却被抢新闻的记者们纠缠着无法脱身。中村警部则对自己的部下深信不疑。这让原本忧心忡忡的明智也渐渐放松了警惕。

然而就是这一时的放松，造成了无法挽回的结果。即便押送的警官人数再多一点也是防不胜防的，因为那不是力量上的对抗，而是智慧上的较量。

四名警官押送着双手反绑的蛭田博士，从玄关到院子大门十分顺利。大门外的街道两旁都是大型别墅，非常冷清。虽然有路灯，可光线微弱，加之夜已深，路上没有一个行人，四周静悄悄的。这条昏暗的街道上停着一辆警视厅的警车，四名警官打算将蛭田博士押上警车，然后驶向警视厅拘留所。

可就在走出院子大门两三步的时候，攥住罪犯身上绳子的警官觉得自己的手被猛地拽了一下。

"怎么，还想逃？可恶！放老实点！"警官骂道，与此同时他使出全身力气拽紧绳子，不料却突然仰面朝天倒在地上。几乎同一时间，蛭田博士撒腿狂奔起来。

押送的警官们惊呆了。倒在地上的警官手里还死死攥着绳子。况且，他们捆绑的方法十分特别，罪犯是不可能挣脱的。这到底是怎么回事？罪犯的上衣掉落在地上，还保持着双手被反绑的形状。难道是罪犯弄断了自己的手臂？这绝不可能。但警官确实感到他的两条手臂是从肩膀处断开的，这是不争的事实。

不管再怎么难以置信，当务之急是追捕罪犯。三名警官来不及扶起倒地的同伴，争先恐后地追了上去。

那位倒地的警官依然没有爬起来，胆怯地将被罪犯挣脱的绳子拽到跟前，借助院子大门的照明灯光仔细察看。绳子仍旧结结实实地捆绑在两条手臂上。他用手摸了摸，形状、肤色和肌肉的弹性都没有异常，上面还牢牢绑着绳子。然而，这手臂没有温度，冰凉冰凉的。他又将手伸进衣袖，可摸来摸去，没有黏糊糊的血的感觉，只是光溜溜的。

"奇怪。"警官突然察觉到了什么，赶快爬起来跑到门灯前，将仍旧反绑着的手臂凑到灯光下仔细察看，原来是制作得惟妙惟肖的乳胶手臂。

原来那家伙穿着装有两只假手臂的上衣，故意让警官捆绑，一旦抓住机会便金蝉脱壳溜之大吉。

突然熄灭电灯，显然就是为了这个。他知道出入口皆有警官把守，熄灭电灯并非为了逃跑，而是掩人耳目。即便明智识破了他的伪装，捆绑的也只是他的两只假手臂。当时故意弄坏电灯开关，就是为了让房间里光线昏暗，好让这对假手臂鱼目混珠。

警官全明白了，与其说懊悔，倒不如说被这常人难以想象的布局惊呆了。

另外三名警官大吃一惊之下再追出去已经迟了，只能眼看着身穿白衬衣的背影越跑越远，十五六米的距离怎么也难以缩短。如果在闹市大街上，立即会有许多行人相助，协助警方抓获罪犯。可在如此冷清的住宅街上，无论怎么大声喊叫都无济于事。三名警官只有拼命追赶，每到一处路口都担心罪犯突然失踪。终于，转过三个路口后，罪犯拐入一条更寂静的住宅街，两侧是高高的混凝土围墙，警官们东张西望，再也见不到罪犯的影子。

"我明明看到那家伙跑到这条街上了。"

"奇怪，两边都是高高的围墙，根本无处可藏。"

"喂，你们看，那里有一个防火站，房间里好像有人,我们去问问吧。"

三名警官气喘吁吁地来到防火站。

"喂,有人吗?我们是警察,请问,有没有看见一个穿白衬衫的男人从这里经过?"一名警官大声问道。

房间里传出老人的声音,迷迷糊糊好像从睡梦中被惊醒:"什么?发生什么事了?"

玻璃门打开了,走出一个邋遢老人。他身穿旧式西装,脚上趿拉着草鞋,头上戴着又破又旧的呢帽,帽檐盖住了眉毛,拖着长绳的木梆子就挂在脖子上。这样的家伙也能当防火员?

"你们是警察吧?我刚才确实看见一个白乎乎的影子一阵风似的过去了,喏,就那个方向。应该已经跑出挺远了吧。"

三名警官听老人这么一说,似乎后悔在这里浪费时间,一句谢谢也没说就急匆匆地追了上去。

老人目送三人远去的背影,直到他们消失在街角,突然嘿嘿笑了起来。他歪着脑袋,敲了两下木梆子,晃晃悠悠地朝相反的方向走去。

真实面目

三名警官垂头丧气地回到蛭田博士别墅的书房,明智和中村警部都还没有离开。好不容易抓获的罪犯居然在押送途中逃走了,警官们都懊恼不已。明智虽然也感到遗憾,但看着警官们悔恨交加的自责表情,没有再责备什么。罪犯的手段常人确实难以想象,很难追究警官们的责任。现在最重要的问题是,罪犯逃到哪里去了。

明智思忖了片刻,向警官们提出一连串问题。

"罪犯起初与你们之间的距离只有十五六米,可转过三个弯后突然无影无踪,你们不觉得奇怪吗？肯定是藏在了途中的某个地方。"

"我们在那家伙消失的街道一家家进行了搜查。屋里、院子里都查过了，连人影也没有见着。"一名警官满脸不可思议的表情。

"那，你们在追赶罪犯的途中，连一个行人也没有遇上？"

"是的，一个行人也没有。"

"没有记错吧？真的一个行人也没碰上？"明智还是不放心，再三确认。

"嗯，一个也没碰上……不过，确实有一个人。他是防火员，当时在防火站，我们向他打听罪犯逃跑的方向，可他的回答毫无价值。"

"是值勤的防火员？那家伙是从罪犯逃跑的方向朝你们走来的？"

"不，他当时在防火站小屋里，我们跑到门口喊他出来询问的。"

"你们没有进去？"

"没有，我们连一秒钟的时间也不愿意浪费。"

"也没朝小屋里看一下？"

"是的,没看。明智先生,您为什么问这些?您是想说罪犯藏在那个小屋里?那老人就是再糊涂,也不至于窝藏罪犯吧。"对于明智的提问,警官们有点反感。

"不,我是逆向思维,我怀疑真正的防火员倒在小屋里的某个角落。"

"什么?那老人明明在门口回答了我们的问题,怎么会倒在地上……"警官说到这里突然脸色大变,他们终于明白了明智的意思。

"这么说,我们见到的那个老人是假冒的?"

"嗯,很有可能。不过这只是我的假设,我们现在必须立即赶到防火站搜查。"

说完,明智一马当先,中村警部带着四名警官紧随其后,跑向防火站。他们一行来到小屋门口大声喊话,没有人回答,刚才遇见的那个老人也不在小屋。明智一把推开玻璃门闯了进去。

厨房里竖着三个装煤的大袋子,明智搬开袋子,果然,袋子后躺着一个被五花大绑的老人,嘴里塞着一条毛巾,身上只穿着一件衬衫,外套不见了。老人不仅喊不出声,连身体都无法动弹——这才是真正的防火员。警官赶紧为老人松绑,取出毛巾将他扶起来。老人一边揉着身上的痛处,一边诉说事情经过。

当时,老人正坐在椅子上打盹,突然听到玻璃门被推开的声音。紧接着,一个身穿白衬衫的年轻男子闯进屋来。那家伙不问青红皂白,用毛巾将老人嘴巴塞住,强行剥去老人的外套,又用随身带着的绳子将他五花大绑,把他拽到厨房的角落,藏在了煤袋子后面。

这个年轻男人自然就是扮作殿村的蛭田博士。他迅速将老人的外套穿在身上,将煤粉涂在脸上,再戴上老人的破呢帽,用帽檐遮住眉毛。这番化装眨眼之间便完成了,而且巧妙地骗过了警官们的眼睛。

厨房的角落里有一个布团,打开一看才知那是罪犯扔下的衬衫和裤子。

"我真是太大意了,如果当时我和警官们一起押送罪犯,也许就不会像现在这样。都怪那些记者实在难缠。"

"不，这事应该由我来承担责任。我准备请求警视厅命令所有的警署、派出所以及警务站，组织警力设卡盘查，连一根可疑的稻草也不放过。"中村警部代表失职的警官向明智道歉。

"中村君，现在设卡已经起不了多大作用。您觉得那家伙是谁？"

"他是谁？不就是化装成殿村的蛭田博士吗？"中村警回答得很干脆。

"如果是蛭田博士或殿村什么的，就算逃了也没什么大不了的，毕竟机密文件已经物归原主，四个少年也都安然无恙。但是，殿村也好，蛭田博士也好，都只不过是那家伙的伪装。要再次抓获他，并非一件容易的事情。"

"什么？您是说那家伙不是一般的罪犯？"

"中村君，不知您是否察觉到，本案有前后极不一致的地方。殿村先以同行的身份公开向我挑战，可又为什么主动公开自己犯罪的秘密？蛭田博士扮作殿村，将自己费尽心机骗来的四个少年和盗来的文件，故意当着大家的面拱手交给警方。这应该如何解释呢？答案只有一个，那就是罪犯想复仇。"

"什么？想复仇？他到底有什么仇恨？究竟向谁复仇？"明智这番出人意料的话把中村警部吓了一跳。

"向我，向我和少年侦探团复仇。"

"什么？少年侦探团？"

"是的。想必您也知道少年侦探团。请好好想一下，遭到蛭田博士绑架的四个少年都是少年侦探团的团员。"

"嗯，是那样的。这，您说得没错，可是……"

"可以这么说吧，那家伙的目的已经达成，所以才肯放回四个少年。要说他究竟达到了什么样的目的，四个少年一一受到了他的严厉惩罚。那家伙扮作蛭田博士，一副十足的魔鬼打扮，将少年们抓起来不是恐吓就是恶作剧。总之，完成了他的复仇计划。"

"可是，那机密文件与他的复仇有什么联系呢？"

"那只不过是教训少年侦探团的手段。不仅仅是少年团员，连他们的父母也跟着受牵连。正巧，泰二的爸爸是总工程师，家里有机密文件，于是，他使用催眠术逼迫泰二盗走了家中的机密文件。如果其他少年家里也有类似的贵重物品，这家伙肯定也会使用催眠术逼迫他们偷盗。幸亏其他三名少年家里没有贵重东西。"

"照这么说，罪犯盗窃机密文件不是为了出售给间谍？"

"是的。如果是为了换取钱财，罪犯没有必要自行公开藏文件的地方。那家伙嗜好新闻媒体炒作，企图把水搅混，让人们将文件的失窃与间谍联系起来，制造轰动性的社会效应，达到显示自己的目的。其实，这是无中生有，也构不成什么罪行。"

"照您这么说，罪犯的目的仅仅是惩罚少年侦探团的团员。如果真是您说的那样，他完全没有必要冒这样的险，冒充侦探公开自己的秘密。"

"他那样公开自己的秘密也是为了报仇啊。"

"我不明白？"

"我接受东洋制造公司侦破此案的委托,他也清楚。那家伙对我的侦查实力一清二楚。既然我接受了这一案件的委托,他深知要不了多久,案件就会真相大白。那家伙的目标,好像不光是泰二他们四个少年,而是全体少年侦探。可是,由于我接手本案,他突然意识到自己也将面临危险,便不再绑架其他少年侦探,而是把下一个目标转移到我的身上,实施报复。

"无论他如何高明,绑架我是不可能的。但是,他可以诬陷或者诽谤我。因为侦探事业是我的生命,而且我被国人誉为日本第一大侦探。如果我在与其他私家侦探的竞争中败北,大侦探的名声从此一蹶不振,甚至被别的侦探取代,岂不是对我最痛快的报复?

"那家伙非常了解我视自己的声誉为生命,便化装成侦探与我展开竞争,企图打我一个措手不及。他把四个少年和机密文件藏在某个地方,随后以侦探身份装模作样地把他们找出来,就可以让我一败涂地。

"他既已惩罚了四个少年,再利用他们和机密文件戏耍我,这样的心机实在让我佩服。

"如果我技不如人,随意接受挑战,很有可能钻入他的陷阱。可我身边有小林这样智勇双全的少年助手。小林化装成乞丐,跟踪罪犯,成功地将他的犯罪过程以及手法摸得一清二楚,并且让他的丑恶面目暴露在了光天化日之下。"

听完明智的解释,中村警部恍然大悟,更佩服明智敏锐的洞察力。不过,他还有没想明白的地方,没等明智继续说便抢着问:"您说的这个一心向您和少年侦探团寻仇的人是谁?"

"这样的家伙只有一个。绑架少年但不伤害他们,作案的手法像魔术师,擅长化装。少年侦探团是在什么情况下组成的?少年侦探团参与侦查,致使某罪犯屡屡不能得手,这罪犯究竟是谁?请大家好好想想。"

听到这里,中村警部吃了一惊,目不转睛地望着明智:"那,您是说……"

"对,我是在说那个怪盗二十面相。"明智终于说出了令大家震惊的名字,"其实,殿村也好,蛭田博士也好,都是怪盗二十面相化装的。"

中村警部一边回忆一边思忖,越想越觉得不合逻辑,脱口问道:"您是说二十面相还活着?"

"是的,还活着。现在看来,我们当时都上当了,那次爆炸,我们都跑出很远,那家伙如果想逃,完全有机会。他可以在远处点燃导火索引爆地下室的炸药。我们当时调查了爆炸后的现场,没有找到二十面相的尸体。我们都误以为他已经粉身碎骨了,可事实并非那样。那家伙利用了我们的错觉,躲开了我们的视线,在爆炸前悄悄逃走了。"

中村警部焦急起来,走到明智跟前:"您刚才仔细检查过那人的脸,究竟是不是二十面相?"

"那家伙实在太擅长化装了,刚才那张年青人的脸也未必是他的真面目。我想,他的真面目应该没有人见过。"

"有证据吗?"

"遗憾的是,我没有证据。可从本案发生的各种情况分析，足以证明我的观点是正确的。以本案这么多不可思议的疑点来看，作案者非二十面相莫属。"

"如果真是二十面相，我们千万不能掉以轻心。我立即回警视厅向上级报告，请求马上向全东京，不，向全国发出通缉令，必须尽快将他捉拿归案。"

中村警部满脸遗憾，重要的罪犯居然从自己手里逃走了。

"既然我们已经知道了罪犯的真实身份，就没有必要慌慌张张的。对手是二十面相，是一个十分狡猾的罪犯，逃走后不可能马上再度抓住他。现在，这家伙肯定已经回到他的另一个贼窝，说不定已经化装成与蛭田博士、殿村以及年轻人截然不同的模样，正暗暗嘲笑我们呢。但放心，这家伙不可能就这么一直老老实实待着，过不了几天，他就会向我们发出新一轮的挑战。这就是他的性格，就是他在我们这个世上的生活方式。我们只要做好充分准备，等他就是了。如果他再度出现，我绝对不会让他逃之夭夭。"明智胸有成竹。

恰在这时,一个意想不到的情况验证了明智刚才的判断。

"请问,明智先生在这里吗?"院子里有人大声询问。

明智吃了一惊,脸上掠过一丝紧张和不安,他赶紧打开面朝院子的窗户,朝声音传出的方向看去。只见一个司机模样的年轻人,手里拿着一张折叠得很小的纸条。明智立即来到玄关外面说道:"我就是明智。"

"啊,您就是明智先生。打扰了,有人让我把这张纸条交给您。"

明智接过纸条,借助门灯看了一下。这是一封信,用铅笔写的。

明智君,久违了。

您一定很意外我还活着,魔术师的手段就是这么高明。今晚拜您所赐,我过得并不愉快,可最后我还是成功地逃走了。好戏才刚刚开始,从现在起,您也好,小林也好,少年侦探团的那些小鬼也好，我会好好地让你们领教二十面相的厉害。

　　复活的二十面相　敬上

怪盗二十面相居然先发制人，正式向明智发出了挑战。

送信的年轻司机被立即送到警视厅展开审讯。据他交待，他在附近路口遇到一个脏兮兮的老人，给了他这个字条和一笔酬金，让他送信给明智，其他事情一概不知。

　　　　　　　＊＊＊

几天后的一个傍晚，少年侦探团一个名叫小泉信雄的六年级学生独自经过涩谷的一个小公园。信雄是学校棒球队的主力队员，由于参加球队练习，直到现在才放学回家。

时值傍晚，天夜渐渐暗了下来，已经无法看清偶尔经过的行人的脸。小公园里也十分冷清，平日里最热闹的操场，现在一个人影也没有。这是信雄回家的一条捷径，虽然每天经过，可像今天这样冷清还是头一回。

当他走到公园中央的时候,发现有一名五岁左右的女孩正站在秋千前,双手捂着眼睛抽泣。

女孩独自一人站在昏暗的公园里,孤零零的,并且在抽泣。信雄见了,一股怜悯之情由然而生。他快步走到女孩跟前,轻声询问道:"怎么啦?小妹妹,为什么哭呀?"

女孩放开捂着眼睛的小手,眨巴着大眼睛盯着信雄,哭着说道:"我迷路了,不知道怎么回家。"

"什么?你迷路了?你是一个人来这里的,还是和别人一起来的?"

"我是和爸爸一起来的,不知怎么回事,他突然不见了。"

"哦,原来和爸爸在一起的,突然走散了是吧?这可麻烦了。你家住在哪里?离公园远吗?"

"远的。离公园很远,是在那个地方。我不知道怎么走。"女孩含糊不清地说完,又伤心地哭了起来。

这么小的孩子,不管怎么问也说不清具体住

址。信雄为难起来。突然，他灵光一闪，也许她身上会有写明姓名和家庭住址的标牌呢。想到这儿，他开始在女孩身上搜寻起来。果然，女孩身上挂着一个小牌子，上面写着，世田谷区池尻町二百二十号野泽爱子。

"池尻町离这里并不怎么远，坐电车用不了十分钟就到了。好，我送你回家。你的家人肯定在为你担心。"说着，他拉起女孩的手朝附近车站走去。

在池尻町车站下车后，很快就找到了二百二十号。

这条街道十分冷清，两旁都是围墙。围墙内是一栋栋大别墅，前后都有十分宽敞的院子。爱子的家是一栋西洋别墅，院子大门上挂有"野泽"的姓名牌。

爱子一看到院子大门高兴极了，大声叫道："是这里，这就是我家。"说完，拉着信雄的手推开大门，蹦蹦跳跳地朝院子里跑去。

这是一个很大的院子，木结构的别墅虽不怎么豪华，可非常宽敞。

爱子兴奋的叫声早就传进了屋里，门开了，出现在门口的是一个看上去五十岁左右的绅士，下巴留着胡子，很有气质。爱子大声喊着"爸爸"，扑进那人怀里。

"太好了，爱子可回家了。爸爸急得不知如何是好，正打算报警呢。"那人一脸爱怜地抚摸着爱子的脑袋，看到信雄还站在院子里，就笑着对他说："是你带她回来的吧？太感谢了。我们家里已经乱成一团，正要打电话报警呢。快进来吧，我还有许多情况要问你，还要谢谢你呢。站着说话太失礼了，还是进屋坐吧。"

信雄原以为把女孩送到家，自己就可以回家了，没想到那人一边说一边拉着自己的手，一定要请自己做客。主人如此诚心诚意邀请自己，真是不好拒绝，便跟着他进了屋。

进屋之后才知道，偌大的别墅只有那人和爱子两人居住。整个别墅空荡荡的，让人感到一丝寒意。不仅别墅的气氛与众不同，就连别墅主人的样子也跟刚才不一样了。花白的头发向后倒背，将军式的胡子向两边高高翘起,下巴还蓄着三角形的络腮胡,鼻梁上架着黑色的宽边眼镜,身上披着一件肥大的长袍。

没错,他就是那个蛭田博士,当然,是二十面相化装的。

小泉信雄不止一次听过蛭田博士的大名,但只是听说,从未见过。所以,他做梦也不会想到眼前这人就是蛭田博士,更不会认为蛭田博士就是二十面相的化身,只是觉得有点怪怪的。这对于信雄来说太危险了,他已经身处险地却茫然不知。

二十面相一再邀请信雄进屋做客,究竟要干什么呢?

"太感谢了,我对你的感激之情简直无法用语言表达。如果没有你的热心帮助,爱子不知什么时候才能回家。请到里面的房间坐,我这个人,非常喜欢像你这样的少年。我是一个发明家,最近刚刚完成了一件大发明,正好请你看看。来,请跟我来。就是这里,别客气。"

蛭田博士说这番话时,语气非常和蔼可亲,脸上堆满了笑容。他一边说着,一边推着信雄的背朝里走。

走廊尽头有一扇门,比一般房门要小许多,蛭田博士推开门,做了一个请的手势:"到了,就是这房间。这是我的研究室,里面有一台了不起的机器,请!"

信雄稀里糊涂地就走了进去。

这是一个古怪的房间,四四方方,边长只有两米左右,非常狭小。房间里没有桌椅,连坐的地方都没有。更让人感到不可思议的是,四周的墙、天花板和地面,都是铁板。屋子一角有一处凹陷,里面有一盏汽车内饰灯一样的小灯泡。

"您说的机器在哪里?这里什么都没有啊。"信雄打量着奇怪的房间问道。

这时候,还在房门外面的蛭田博士已经将房门关上了一半,听信雄问自己,把脸凑在门缝,用一种跟刚才完全不同的声音答道:"你现在所在的这个房间就是那台机器,就是我的大发明。哈哈哈……"

粗暴的声音让信雄吃了一惊,他转过脸看去,只见博士一脸狰狞。

"你为什么不进来?"信雄忐忑不安。

"你是说我为什么不进来?嘿嘿嘿……我可不像你,我还不想死啊。虽说机器是我发明的,但我可不敢进去。嘿嘿嘿……你是一个勇敢的少年,先试一下我发明的机器感觉如何。你站在那里别动,马上就要出现有趣的东西了。别紧张,放松一点,哈哈哈……"

"你,你说什么?你打算把我扣留在这里?你为什么要扣留我?"

信雄猛地扑向门口,想要推开蛭田博士逃出房间,可为时已晚,房门被"啪"地关上了,随后传来了上锁的声音。

铁房间

信雄不明白自己为什么会落到这种地步,把迷路的小女孩送回家,小女孩的父亲看起来是一位颇有风度的大学者,可他竟然将有恩于自己女儿的人关在奇怪的铁房间里,他到底要干什么?

不一会儿,墙外传来刺耳的马达声,信雄因为紧张和恐惧开始感到嘴里发干,一时间连话都说不出来了,脸色苍白得像一张白纸。又过了一会儿,马达声中开始掺杂进齿轮间相互摩擦的声音,声音更加嘈杂。也许是因为害怕,信雄甚至觉得整个房间都颤动起来。

信雄的心跳急剧加快,再这样下去,不知道会发生什么可怕的事情。他再也无法忍耐,尽管无路可逃,可还是想尽快离开这里,就像被人追赶似的,慌慌张张地四处搜寻。他看了一眼天花板,突然大吃一惊,黑色的铁天花板正一点一点地向下移动,朝头顶压来。信雄完全无法相信这噩梦般的现实。他急忙揉了一下眼睛,目不转睛地看了一会儿,发现铁天花板确实是在不停下降。

"开门,快开门!"信雄拼命地叫喊,不停地敲打着铁房门。

"哈哈哈……你好像终于明白了。大概看见天花板了吧。这可不是普通的天花板,有一米多厚,起码一吨重呢。再过一会儿,你就会被压成肉饼,哈哈哈……"刺耳的齿轮摩擦声中夹杂着嘶哑的声音。

信雄仰起脸看着不断下压的天花板,不由得惊恐万状,已经比刚才下降了五六厘米,还在不停地往下压。

"我已经明白了这项惊人的发明,现在请赶快停下机器,让我出去吧。"信雄声嘶力竭地喊道。

外面又传来嘶哑的声音:"哈哈哈……你想离开这里吗?哈哈哈……我是不会开门的。"

"为,为什么?你为什么要害我?你到底是什么人?"

"嘿嘿嘿……你猜我是谁?你是少年侦探团的团员吧?希望你用侦探的脑袋思考一下,我究竟是谁,为什么要把你关在这里。"

"你怎么知道我是少年侦探团的团员?"

"我当然知道。正因为知道,才让爱子作诱饵把你请到这里来。瞧你这可怜相,你这个小不点侦探,没想到上了我的当。哈哈哈……"

"那,你就是二十面相……"

"哈哈哈……你终于明白了!你这个小侦探,脑袋还挺好使的。告诉你,我既是二十面相,又是蛭田博士,还是殿村侦探。除此之外,我还有许多姓名。我为什么要把你关在这里,你现在该明白了吧。就四个字,报仇雪恨。我的许多美好计划,就是因为你们这些小侦探的干扰才功亏一篑。把你关押在这里就是我对你们特别关照的答谢,你就慢慢欣赏我的发明吧。哈哈哈……"嘶哑的笑声越来越远,二十面相没有关闭机器,就这样走了。

信雄危在旦夕!他一边大声喊叫一边用身体撞门,可铁门纹丝不动。就在这时,他觉得脑袋顶到了什么坚硬冰冷的东西,抬头一看,铁天花板已经压得他无法直立了。虽然知道毫无作用,信雄还是举起双手使劲将铁天花板向上顶。人的力量毕竟无法与机器抗衡,不一会儿,信雄就只能蹲在地上了,可沉重的铁天花板依然没有停下的意思。再这样下去,要不了多少时间,信雄就要被压扁了。

"妈——妈,快来救我!"没想到一向胆大的信雄,瞬间也变成了幼儿,拼命地喊叫。

这时候,不知又从哪里传来嘶哑的声音:"嘿嘿嘿……信雄,怎么样?这感觉不错吧?不用担心,我只不过想教训教训你,不会要你的小命的。怎么样,坚持不住了吧?"

信雄仿佛从噩梦中惊醒似的,浑身大汗淋漓。他顺着嘶哑声音传来的方向看去,只见右侧铁墙中间有一个边长二十厘米的小窗口,装扮成蛭田博士的二十面相正凑在那里,那双狠毒的眼睛正注视着信雄。刚才,信雄丝毫没有察觉小窗户的存在。

"哈哈哈……害怕了吧。瞧你那张苍白的脸。放心吧,机器已经停止运转了,对你的惩罚就到这里。我现在就放你出来。但是在那之前,你必须写一样东西。这里有纸和笔,你必须按照我说的写。听明白了吗?如果你不同意,那我就继续开动机器,一直到你愿意写为止。如果不想那样,就快拿起笔和纸,按照我说的写。没什么难的,内容和语法都很简单。"

二十面相一边说,一边将纸和笔从小窗户递到信雄面前。

怪老人

大约三十分钟后,信雄家附近的神社树林里出现了一个四十多岁的绅士。他身材壮硕,身穿和服,没戴帽子,拄着拐杖。他叫小泉信太郎,是信雄的爸爸。小泉先生是一位富有的企业家,在好几家大公司担任重要职务。每天晚餐过后,他都要到神社树林里散步。

今天晚饭吃得有点晚,散步的时间也就跟着往后推迟了,此时已经暮色深重。不过散步是他几十年来养成的习惯,一天不散步就会觉得浑身不舒服,所以小泉先生还是在昏暗的树林里慢悠悠地走着。信雄还没回家，也许是因为在学校练习棒球耽搁了吧。

小泉别墅坐落在涩谷区的樱丘町上，距离世田谷区池尻町二十面相的贼窝很近，坐电车只需要几分钟。小泉先生做梦也没有想到，儿子信雄就被软禁在自家附近，受到如此残酷的折磨。

"请问，您是小泉先生吗？"突然，黑暗里传来问话声。小泉先生冷不防吓了一跳，转过脸顺着声音传出的方向看去。只见大树背后走出一个怪老人，身穿破烂不堪的西装，满头白发。

"我是小泉，请问，你是谁？"小泉先生一边回答一边瞪大眼睛打量对方，可怎么也想不起自己有这样一个朋友。不仅衣衫褴褛，胸前还垂挂着一团乱麻似的白胡子，给人的感觉很不舒服。

"您肯定不认识我，咱们这是第一次见面。因为有话对您说才特意拜访的。嘿嘿嘿……"这家伙就连笑声也让人不舒服。昏暗的树林里突然出现一个奇怪的陌生人，还说什么有话要对自己说，大概不是打劫就是要挟什么的，可如果是那样的话，也不应该是这种语气。

"你想对我说什么?如果不是三言两语能说完的,还是换个地方说吧。"小泉先生对于素不相识的人向来十分警惕,语气和态度都不太友好。

"嘿嘿嘿……别想得那么复杂。不过,是关于你儿子的事情……"

"什么?你是说信雄?他怎么啦?"提到儿子,小泉先生陡然紧张起来,尤其这怪老人似乎话里有话。

"嘿嘿嘿……是的,现在想听我说了吧?信雄放学回家了吗?现在大概正在书房做家庭作业吧?"

"我出来散步的时候,他还没有回来,不知道今天是怎么回事。怎么,你知道他在哪儿?"

"刚才我还跟他聊天呢。"

"什么?聊天?信雄现在在哪里?"

"嘿嘿嘿……这,我现在还不能说。不过,我知道他在哪里。只要您愿意,我随时可以让他回到您的身边。"

"我愿意?你说这话是什么意思?你是不是把

信雄藏在哪里了?"小泉先生的语气变得激烈起来。

"嘿嘿嘿……不要这么激动。请您看看这纸条就明白了。"怪老人掏出两张纸条递给小泉先生,"那儿有路灯,您去那里看吧。"

小泉先生本不想搭理这家伙,但看到这些可疑的纸条,最终还是决定看一下。他从怪老人手中接过纸条,走到路灯下看了起来。第一张纸条上确实是儿子信雄的笔迹:

爸爸:

我上了坏人的当被关了起来,生命危在旦夕。您接到这张便条后赶快来救我。如果能按照送信老人说的去做,我就可以活着回来。拜托了,爸爸,请快一点把我救出去。

小泉先生大惊失色,耳边仿佛听到了信雄求救的呼声。他赶紧打开第二张纸条:

今晚十二点整,请您带着家传的雪舟山水

画到驹场练兵场东侧的小树林,把画交给停在那里的轿车里的人,信雄马上就可以回家。您只能一个人来,如果报警,信雄就永远回不了家了。

二十面相

看来二十面相不仅仅是为了报复少年侦探团,还要利用信雄作为人质来满足他收集文物的嗜好。雪舟山水画是小泉先生家几代人的传家宝,是无价之宝。根据二十面相的说法,不献上雪舟山水画,是绝不会交出信雄的。

"嘿嘿嘿……明白了吧。那就请您赶快拿个主意吧。"怪老人打量着正在看信的小泉先生,不停地催促。

小泉先生一时六神无主,不知如何回答。不用说,让信雄尽快回到自己身边是头等大事,可雪舟山水画也不能轻易拱手相让。

"如果我不愿意呢?"小泉先生紧盯着老人,语气十分强硬。

"嘿嘿嘿……信上不是都写清楚了吗,您将永远见不到信雄。"这怪老人似乎不单单是一个送信人,恐怕是二十面相手下的爪牙。

对方只是个老人,只要抓住他交给警方,他肯定会一五一十地坦白。这样,不仅能救出信雄,还能保住传家宝。

"对,就这么办。像这样弱不禁风的老人,不可能是我的对手。"小泉先生暗自打定主意,猛地抓住对方的拐杖,一步步地向他逼近。

"咦,小泉先生,您想干什么呀?是不是想打我的主意?"怪老人吃惊地望着小泉先生。

"你肯定知道二十面相的贼窝在哪里,当然也知道信雄被关押的地方。走,和我一起到警察局去。"小泉先生一边大声训斥,一边猛扑怪老人。

不料,怪老人一改刚才跌跌撞撞的模样,敏捷地躲过了小泉先生的突袭。这一连串的躲闪,根本不像弓腰驼背的老人,而是身体灵活的年轻人。只见他右手从口袋里掏出一样东西,抵住小泉先生的额头,是一支手枪。

"别干傻事。你这样乱来别说你儿子,连你也自身难保。"怪老人的声音也变了,完全是一副年轻人的嗓音。原来,他为了让对方放松警惕,故意化装成一个糟老头。

小泉先生一动也不敢动。

"哈哈哈……竟然妄图跟二十面相作对,可不会有什么好下场。如果你不照办,信雄将从这个世界上永远消失。你好好想想吧,到底是要儿子还是画。顺便告诉你,二十面相擅长使用魔法,谁也不知道他到底什么模样,藏身何处。我劝你最好放老实一点。哈哈哈……好了,今天夜里十二点,别忘了把宝物送到指定地点。"

老人仍然握着枪,保持着随时射击的架势,慢慢往后退去,很快消失在黑暗的树林里,但刺耳的笑声却久久不散。

小泉先生呆立原地,脑子里一片空白,许久才如梦方醒地喃喃道:"刚才,那一定是二十面相,一定是二十面相化装的。"

大侦探的妙计

半小时后,小泉先生坐在自己家书房的书桌前,拿起电话:"喂,是明智侦探事务所吗?我是涩谷的小泉。请问明智先生在吗?"

小泉先生与明智同是社交俱乐部的会员,虽说平时关系并不十分密切,但也见过几次,闲聊过几句。由于这种关系,他很信赖明智。后来听说儿子加入少年侦探团,也默许了。可做梦也没有想到,儿子竟会遭到二十面相的绑架。

小泉先生深知不能通知警方。二十面相神出鬼没,一旦让他知道自己报了警,信雄就危险了。于是，他想到了明智小五郎。明智既是自己的熟人，又与少年侦探团密切相关，一定会鼎力相助。

电话那头传来明智的说话声。

"是明智先生吗？我是小泉。我家里发生了一件大事，急需您的帮助，具体情况电话里一时说不清楚，能否见面详谈？总之这次非您亲自出马不可……什么？您到我家来？太好了，太感谢了。我的地址，小林清楚。那好，我在家恭候。"

挂断电话，小泉先生总算松了一口气。只要明智出马，不仅信雄能安全回家，先祖留下的传家宝雪舟山水画也能保住。想到这里，小泉先生渐渐稳住了心神，苍白的脸上也恢复了些许血色。

就在小泉先生全神贯注地与明智通电话的时候，窗外出现了一张满头白发、留着络腮胡子的老人的脸，凑在窗玻璃上窥视着室内。窗外的院子非常宽阔，不知这家伙什么时候潜进来的。化装成怪老人的二十面相死死盯着正在全神贯注打电话的小泉先生。他刚才假装离开，实际上一直跟着小泉先生。当他看到小泉先生挂断电话，便缩回脑袋消失在了昏暗的院子里。小泉先生丝毫没有察觉。

扮作怪老人的二十面相穿过院子里的树丛,来到别墅背后的围墙跟前,猴子似的爬到围墙上纵身一跃,跳到了墙外的人行道上。这条路上一个行人也没有,他若无其事地穿过街道,快步朝热闹的商业街走去。在一个十字路口,他走进电话亭,给明智侦探事务所打了电话。

小泉先生挂断电话大约二十分钟后,门前传来刹车声。明智来了,仍是一身黑衣。小泉先生听到声响赶紧出门迎接,将明智请进会客室,支走用人后,将事件经过详细说了一遍。明智双手抱胸,沉思不语。片刻,他抬起头,一脸轻松,好像胸有成竹。

"小泉先生,我接受您的委托。不但要救出被绑架的信雄,家传雪舟山水画也不能给他,而且,我还要将他抓拿归案。其实,我早就在等他露面了。二十面相这家伙与我积怨已久,对我来说,这次事件正是求之不得的机会。信雄是因为加入了少年侦探团才遭到绑架,我不仅有不可推卸的责任,而且有义务将他解救出来。请放心吧。"

"太感谢了。有您鼎力相助,我也就放心了。但是,我想知道您将用什么办法救出信雄。还有,您知道二十面相在哪里吗?"

"这,我还不清楚。"

"那,您怎么……您到底是怎么打算的,我想知道。"

"那家伙大概对您说过,让您用雪舟山水画换回信雄。"

"是的,所以我觉得如果不拿出那幅山水画,信雄是换回不来的。"

"所以,请您把画交给他。"

"什么?您让我把画交给他?"

"不是把雪舟山水画交给他,而是把相似的画给他就行了。您家里肯定还有其他山水画,就是那种给他也不会在乎的画。您从那些普通的画里挑选一幅,作为雪舟山水画的替代品给他。"

"原来如此。可是,那家伙不会不看吧?"

"就那样给他的话，肯定过不了关，我还要耍一点小把戏，请放心吧。"

"可是不管怎么说，还是要我亲自去送画，您觉得我能胜任吗？"

"哈哈哈……您肯定无法胜任，这事只能我亲自来。"

"您要替我去送画？可是二十面相说了，如果不是我本人去送画，他是绝不会放回信雄的。"

"我早有准备。"说着，明智把挂在膝盖边的小包拿在手上拍了一下，"能否借用一下夫人的化妆室？"

"什么？借用化妆室？"

"您马上就会明白的。我有一件事要拜托夫人，请夫人来一下。"

小泉先生越听越糊涂，可眼下必须按照明智说的去做。于是，他喊来夫人，让夫人带明智到化妆室。明智在化妆室里待了大约十五六分钟，小泉先生焦急地等待着。突然门开了，有人走了进来。

小泉先生循声望去，不由得惊呼出声。那人简直跟自己一模一样。小泉先生开始怀疑起自己的眼睛，不由得一边揉眼睛一边仔细辨认。那个酷似自己的"小泉"走进会客室，弯腰坐在明智刚才坐过的坐垫上。

"哈哈哈……小泉先生，瞧您脸上目瞪口呆的表情，看来我的化装很成功。是我，明智小五郎。""小泉"笑着公开了自己的真实面目。

"原来是明智先生，真是让我大吃一惊。实在太像了，简直一模一样。"

"刚才听您介绍时，我仔细观察了您的特征。在化妆室里，我先贴上与您一样的胡子，再将头发梳理成跟您一样的发型，最后在脸上精心化妆。至于外套和衬衫，都是您夫人提供的。怎么样？像我现在这身打扮，可以胜任您的替身了吧？"

"当然可以，当然可以。就连声音都一模一样，太神奇了。真没想到您还有这本事。现在我放心了，绝对没有人能识破。"

"哈哈哈……既然连您都这么说，就让我去给二十面相一个惊喜吧。接下来我们还要给画找个替身。请让我看一下那幅名画，然后挑选一幅尽量相似的山水画。"

"好，请跟我到收藏室。"

由于雪舟山水画是国宝级文物，收藏室的安保十分严密，大铁门后还有一道沉重的铁丝网门。收藏室中央放有一只大保险柜，保险柜门打开后，小泉先生从第一段搁板上取出细长的桐木盒，又从桐木盒里取出名画，展开后递给明智看。

"哦，画得太好了，真是大饱眼福，就连我这个外行看了都心动不已。何况二十面相，一定会垂涎三尺。那家伙在书画鉴赏方面可是专家。"明智一边仔细观看一边品评。

"这幅画在我家已经传了七代，如果不交出它就能救出信雄，那真是感激不尽。事成之后必有重谢。"

"别这么客气。这次的案件与其说是为了您，倒不如说是为了我自己。请再找一幅尺寸、外观尽量相同的画吧。"

明智说完就走开了。小泉先生小心翼翼地将雪舟山水画卷起来。突然,他想到了什么,快步走到墙边,从壁架取出一个黑色的细桐木盒说:"用这幅画代替一定行。装裱虽然高级,可没有什么名气,就是给二十面相拿去也没有什么可惜的。"

他把画递给明智,明智稍稍展开画卷看了一眼,随后卷起来放在雪舟山水画旁边:"嗯,是象牙轴,颜色也相似,装裱的方法也相似,这幅画肯定能过关。画盒必须是真的,否则容易被识破。也就是说,在真的画盒里面放入假的雪舟山水画。现在,真的雪舟山水画是放在假的桐木盒里。虽说盒子换了,好像有点不顺眼,但不会有错,请把它放回保险柜里。"

小泉先生接过明智递过来的桐木画盒,放入保险柜锁好。两人回到会客室,明智把带来的包袱摊开,将放有假雪舟山水画的真桐木盒包起来。此时已经快十点了。

用人端来葡萄酒和简单的下酒菜,两人边喝边聊,很快就到了该出发的时间。

"已经十一点半了,该出发了,去晚了可不好。放心吧,我一定会带上信雄回来的。再见!"化装成小泉先生的明智告辞后走了,小泉先生将明智送到大门外,目送自己的替身远去。

二十面相的诡计

小泉先生送走明智回到会客室,不知怎的,心情变得比刚才更加焦急和复杂。儿子信雄是不是能顺利回到自己的身边?一旦二十面相知道送去的画是假的,信雄就危险了。他不停地看着表,坐立不安。

信雄的妈妈也一样着急,坐在小泉先生旁边,脸色苍白。夫妻俩愁眉苦脸,连话也不想说,只是在等待中煎熬。十分钟,二十分钟,三十分钟……总算到十二点了,这半小时太漫长了。

时间继续缓慢地流逝,凌晨一点,门铃终于

响了。女佣慌忙打开门后,走廊上传来急切的脚步声。

"他爸,一定是信雄回来了。"妈妈拉开会客室的门,飞快地跑出去。

"妈妈!"果然是信雄。

"信雄。"小泉先生不由得站起身来,"回来就好,回来就好。我和你妈都快急死了。明智先生呢?"

"明智先生?"信雄吃惊地反问。

"你没见着明智先生吗?他化装成爸爸的模样到二十面相那里救你了啊。"

信雄累坏了,一屁股坐下就再也动不了了。他抬头看着爸爸,满脸的不可思议:"我没见过那样的人啊。"

"那你是怎么回来的?你不是被二十面相抓走了吗?"

"嗯,是那么回事。您看到我写的信了吗?那是二十面相逼着我写的。不过,那上面写的都是真的,我现在想起来还后怕不已。"接着,信雄把从傍晚以来发生的一切一五一十地说了一遍,"可恶的二十面相强迫我写那封信,随后不知去哪里了。我等了好长时间,还是没有让我出去。虽说天花板不再向下压来,可像这样待下去早晚会饿死。可又有什么办法呢?我觉得好像过了很长时间,没想到还是今天夜里。大约半个小时之前,二十面相打开门,对我说可以回家了。我一看门开了拔腿就跑。门外一个人也没有,二十面相也不知去向。我拼命地朝玄关外跑。这时候,从我的背后传来嘶哑的喊声:'别忘了让你爸爸立即给明智侦探事务所打电话。'"

"什么?给明智侦探打电话?你是不是听错了?"

"不会的,这句话重复了好几遍,留给我的印象太深了,我不会弄错的。"

"那好,我现在就给明智打电话。也不知道他是不是已经回到了事务所。"

小泉先生快步走到书房,拿起桌上的电话,拨通了明智侦探事务所的号码。出乎意料的是,电话那头说明智先生在事务所。不一会儿,明智接电话了。

"是明智先生吗?信雄已经回到家了,太谢谢您了,我还以为您会跟他一起来我家呢。"

"您说什么?我不知道您说的是什么意思。您大概弄错了吧?"明智的回答令小泉先生晕头转向。

"我再重复一遍,托您的福,我儿子信雄他平安无事回到家了。"

"我不知道有那么回事,我办案刚从外面回来。关于您儿子的情况,我一点也不清楚。嗯,是的,是的。您傍晚给我打过电话说有要事商量,可后来您又来电话告诉我不用去了,所以我就忙别的事去了。"

"什么,您说我打过两次电话?"

"是呀,怎么?您忘了?"

"那太奇怪了,我只打了一次电话。您不是说亲自来我家吗?到我家后还化装成我的模样,把那幅画……"

"喂,喂,我怎么越听越糊涂。您弄错了吧?

到底发生什么事了？你儿子现在到底怎么了？"

小泉先生听明智这么一说，脑袋"嗡"的一下，脸色变得铁青："您是说没来过我家？"

"是的，我没去过，可刚才您说……难道是二十面相干的好事？"

"是的，二十面相绑架了我的儿子信雄，但现在他已经平安无事地回家了。可我总觉得哪里不对。"

一听说是二十面相作案，电话里明智的语气顿时变了："请等一等，这种情况您不应该在电话里说。虽说已经很晚了，可我还是想登门拜访。"

"您能来真是太好了。我在家恭候，越快越好。"

放下电话，小泉先生心头满是不祥的预感，默默地坐在椅子上半晌没有动弹。

三十分钟过后，已经快凌晨两点了，小泉家的会客室依然灯火通明，桌边围坐着驾车赶来的明智和助手小林芳雄以及主人小泉先生和信雄。

"到底怎么回事？刚才听您在电话里那么一说，之前来的那个明智肯定是假的。那个假明智后来又化装成了您。他的化装术怎么样？"明智问道。

小泉先生一脸难以置信："太不可思议了！那家伙的化装速度非常快，仅用了二十分钟。化装后的模样与我难辨真假。他简直像妖魔，可以任意改变自己的模样。"

"是啊，在东京只有一个人能做到这一点。"

"难道说……"

"没错，就是二十面相。他最喜欢扮作他人作案。一定是他知道您给我打了电话，一面模仿您的声音给我打电话告诉我不用来了，一面化装成我的样子到您家来。"

"可如果说那是二十面相，为什么没有拿走雪舟名画，还将信雄放了回来？他拿走的不过是一幅无足轻重的替代品。以假乱真的主意也是他出的。这不是自己骗自己吗？"对于明智的解释，小泉先生并不信服。

"您怎么还不明白？您已经上了二十面相的当啊！"

"什么？您说我已经上了二十面相的当……"

"您把那幅真的雪舟山水画放在哪里了？"

"放在收藏室的保险柜里。保险柜上有密码锁,收藏室还有铁门。"

"您再去核实一下,也许那幅画已经不翼而飞了。"

"什么?您怎么信口……"

"我劝您别再跟我争论了,还是尽快去核实一下吧。"

明智如此笃定,小泉先生心里越来越没底,"失陪了。"丢下这么一句之后就慌慌张张直奔收藏室。

不一会儿,失魂落魄的小泉先生回到了会客室。

"明智先生,果然不出您所料,我上当了,被他耍了!他说为了以假乱真,要把假画放在真盒子里。一定是在换盒子的时候动了手脚。保险柜里的画是假的。早知如此,我再小心点就好了。可现在说什么都晚了。"

小泉先生跌坐在地,追悔莫及。

盔　甲

被骗走名画的小泉先生唉声叹气,连说话的力气也没有了。再次抬起头时似乎终于打定了主意:"明智先生,那家伙也算遵守了诺言,盗走了我的传家宝雪舟山水画,让信雄平安无事地回到家。如果只是一般的名画,再说信雄也回家了,也就到此为止了。但雪舟的画可是国宝,这不仅是我个人的损失。明智先生,请您无论如何想想办法,把那幅画完好无损地拿回来。拜托了!"

"小泉先生,我不能给您保证,这次的事情确实非常棘手。就算我们马上找上门去,恐怕他也早就逃之夭夭了,但愿还能留下什么蛛丝马迹。信雄,你能给我们带路吗?"

"有先生和小林一起我就不怕了。我知道那里,我带你们去。"信雄刚刚饱餐一顿,跟明智和小林一起行动更是让他干劲十足。

跟小泉先生又交代了几句后,明智带着小林和信雄出发了。他们坐上明智的车,在夜幕中朝世田谷区池尻町方向驶去。

他们在距离别墅一百米左右的地方下了车,装作普通行人走到院门前。两小时前,信雄就是从这里逃回家的。铁门还是那样敞开着。

"二十面相已经不在这里了。我们既然来了,就进屋搜查一下,说不定能找到有价值的线索。"明智边说边当先走进院子。

玄关门是关着的。明智转了一下门把手,门"吱"的一声开了。走廊上黑得伸手不见五指,仿佛这里从来就没有人住过。

"小林,手电。"明智话音刚落,黑暗中就亮起了一束光柱。

借助手电光,明智找到开关,可按了好几下,电灯始终不亮。也许二十面相已经预计到信雄会带人前来搜查,便在逃走之前切断了电源。

"只能靠手电了。信雄,你能找到关押你的那个房间吗?"

"在走廊尽头,沿着走廊一直走就行。我来带路。"信雄从小林手里接过手电,一马当先走在前面。

信雄仍然心有余悸,仿佛蛭田博士仍在附近,那张留着络腮胡子的脸会突然从手电照不到的黑暗里出现,还握着那把手枪瞄准自己。他的心扑通扑通直跳,手心渗出一层冷汗。幸亏一路上没有出现这种可怕的情景,三人平安无事地来到了那个天花板可以下降的房间。

"就是这里吧?被关在里面眼睁睁看着天花板不停下降,一定吓坏了吧?这家伙居然想出这样的刑具。"

明智转到房间背后查看了控制天花板的机关,又去房间里检查墙面和地面,然而什么线索也没找到。他又让两个少年把每一个房间都检查了一遍。

所有的房门都没锁,虚掩着,房间里没有家具,没有器具,就连一张纸片也没有。就这样检查完三个房间后,他们走进了别墅里最大的一个房间。

走在前面的明智刚跨进房门,突然不知从哪里传来一阵笑声,十分响亮。原以为是一座空楼,黑暗中却突然传出笑声,大家不由得吃了一惊。明智赶紧停步,信雄的手电光立刻朝笑声传出的方向照去。

信雄刚刚脱离险境,又突遇变故,脸色一片惨白。

"哈哈哈……明智君,您是来为小泉先生来取回名画的,还是来抓我的?我可不会束手就擒啊,哈哈哈……"

是二十面相!原以为他已经逃之夭夭了,没想到竟还藏在这黑暗的空屋里,犹如一只好斗的困兽等着劲敌明智的到来。

明智从信雄手里夺过手电照向声音传来的方向。

可房间里空无一人，跟刚才那三个房间相比更显得空荡荡的。进门左手是休息室，再往里还有一个房间，房门清楚地出现在手电光束里。原来如此，二十面相就在最里面的那个房间喋喋不休。

二十面相如此胆大妄为，其中必有蹊跷。那黑暗的房间里必定设置有可怕的机关，正等着他们三人的到来。信雄想到这里，不禁毛骨悚然，仿佛置身鬼屋，随时随地都会有意想不到的危险降临。但明智毫无惧色，从容不迫地走到房门前猛地将门拉开，一边用手电四处搜索，一边迈步走了进去，小林紧随其后。信雄见他们进去了，也鼓足勇气走进房间。

从听到二十面相的声音到走进最里面的房间，只用了很短的时间，在这期间，二十面相阴阳怪气的声音一直没有间断。

"喂，明智君，我太高兴了。你那些乳臭未干的少年侦探被我一连惩治了好几个，不仅如此，我还成功地取走了名画。告诉你吧，惩治少年侦探的行动还没有结束。包括小林在内还有十几个臭小子,我要让他们一一领教二十面相的厉害。最后才轮到你。我不但要让你受尽折磨,还要让你名声扫地,让你再也当不成侦探。哈哈哈……明智君,到那时希望你可别哭啊……"

明智没有吭声,而是直接把手电对准声音传出的方向。可奇怪的是,这个房间里也是空荡荡的,根本就没有二十面相的影子。窗户都是关着的。除他们三人刚才经过的那个房门外,似乎没有其他出口。而且,房间里根本就没有可以藏身的地方。他们三人在黑暗的房间展开搜索,突然,小林好像发现了什么,轻呼出声,随即从明智手里取过手电,对准可疑的地方照去。

光束里出现了奇怪的东西,那是欧洲古时候的盔甲。银色的盔甲伫立在那里,似乎是房间里的装饰。由于被摆放在角落里,他们一直没有察觉。

没有家具的空房间里却摆放着西洋盔甲,实在诡异。

明智准备仔细检查一下这副盔甲,不慌不忙地朝那里走去。当走到距离盔甲一米左右的时候,又传出狂妄的笑声，在房间里不停回荡。由于笑声太响太突然，明智不由得后退了几步，笑声也随之戛然而止，当他再度迈步向前，笑声又响了起来。

笑声好像来自盔甲里面。难道是盔甲在笑？当然不可能。看来盔甲里有人，人穿着盔甲站在那里，一会儿说一会儿笑。这家伙到底是谁？肯定是二十面相。

明智摆开迎战的架势，紧盯着盔甲。小林和信雄也手握着手，紧紧靠在一起。

盔甲会向他们三人扑来，还是拔剑砍来？不，二十面相不会做那么拙劣的表演，他肯定有更可怕、更恶毒的诡计。明智步步逼近，盔甲不停哈哈大笑，但这一次明智没有后退。仿佛比拼耐力似的，那盔甲全身上下一动不动，只是笑，而且笑个不停。这到底是怎么回事？

不一会儿，更奇怪的事情发生了。不仅二十面相，就连明智似乎也受了感染，哈哈大笑个不停。信雄吓得直往小林身上靠，浑身颤抖。

"先生，您这是怎么了？是不是发现了什么奇怪的东西？"小林忍不住摇了摇明智的手臂问道。

可明智的笑声不仅没有停止，反而更响了，还捧腹大笑："哈哈哈……太有趣了。小林，我们被盔甲耍了。这房间里除了我们三个没有其他人，也就是说，这栋别墅是空楼。"

"可是，先生，这盔甲里不是有人吗？"

"哈哈哈……盔甲里什么也没有。你难道还不明白？那么，看好了。"

明智说完大步走到盔甲前，一把掀掉了头盔，里面空空如也，但笑声依然不停。明智毫不介意，抱住盔甲往上一拔："瞧，声音就是从这里发出的。"

两个少年顺着明智手指的方向望去，盔甲背后有一个用细绳拴着的微型录音机，磁带正在不停转动。

原来，二十面相用录音机将明智他们三人耍了一回。他预计到明智会进入这房间搜查，为戏弄仇敌解心头之恨，事先录制了磁带。这看似恶作剧，其实也是在警告明智，别与我二十面相为敌。

经过进一步搜索，他们发现门前走廊、房门内侧和盔甲前一米范围的地面都装有感应器，只要有人触发，录音机就会播放事先录制的二十面相的声音。

"小林，信雄，这家伙竟敢用录音机戏弄我们。一个月内，我一定要将他捉拿归案！"

迄今为止从不动怒的明智这一次终于动了真火。但二十面相也公开宣言，惩罚少年侦探团的行动才刚刚开始，好戏还在后头。并且，他还扬言要惩罚明智。日本第一大侦探和日本第一大盗之间的较量，从此开始进入白热化阶段。究竟谁胜谁负？一决雌雄的决战时刻即将来临。

少年探险团

信雄事件以来,明智和警方都在全力以赴搜捕二十面相,却没找到任何有价值的线索。二十面相虽然扬言要惩罚少年侦探团的所有成员,可最近一段时间也没了动静。难道二十面相打消了继续复仇的念头?或者离开东京暂避风头?明智和警方丝毫没有放松警惕,那家伙多半是制造偃旗息鼓的假象,隐蔽在东京的某个角落酝酿更大的阴谋,一旦时机成熟,又要搅得天下大乱。

一连三个星期风平浪静,少年侦探团的团员们安然无恙,少年们不免放松了下来。适逢春末夏初，正是郊游的最好时节，他们再也按捺不住了，一周之前就定下了路线和目的地。桂正一和筱崎始极力主张去奥多摩的钟乳洞探险。他俩是同一所中学的同学，最近班上的好多同学都去了钟乳洞，回来后都在谈论钟乳洞里的险境，这些同学似乎顷刻之间全都成了探险英雄。两人非常羡慕，也开始做起了去钟乳洞探险的梦。大家听他俩说得有声有色，一下来了兴致，一致同意去钟乳洞探险。

少年们选择的目的地虽说远了一点，可同去的有十多个团员，而且还有小林芳雄领队，所以父母都同意了他们的计划。

出发那天早晨，天刚蒙蒙亮大家就开始行动了。个个背着旅行背包，拷着水壶，手持登山杖，先后赶到新宿车站集合。乘上中央线电车出发，一个小时后换乘支线电车，再一个小时后到达了电车终点站。接着，乘上长途汽车沿青山路行驶了三十分钟左右。再接下来就是车辆无法通过的羊肠小道了。少年探险团的十一名团员在小林团长的带领下，一路欢声笑语，朝着钟乳洞方向前进。山路一侧是高耸入云的若叶山,另一边是深水川。潺潺的流水声中夹杂着悦耳的鸟鸣。

"那是什么?"

"是野兔。瞧,在那里,那里。"

"真的吗?"

"这附近应该有兔子洞。"

"野兔还好,要是遇到熊可就麻烦了。"

"这里怎么会有熊。"

"有也不怕,我要让他尝尝我们少年侦探的厉害。"正一嚷道,大家跟着哄笑起来。

少年们精力充沛,十几里的山路一点没让他们觉得累。中午刚过,他们已经到了钟乳洞口。洞口有一间破旧的小屋子,门前摆着一些水果、点心、汽水。少年们经过的时候,一位穿裙裤、身子骨看起来十分硬朗的老爷爷笑着招呼:"你们是来参观钟乳洞的吗?"他那被阳光晒成古铜色的脸上布满了皱纹。

"嗯,是的,老爷爷,今天有没有比我们更早到的游客?"小林笑着打听。

"没有,你们是第一批。最近这里有点冷清。你们是学校组织的旅行团吧?都是少年,能走那么远的山路来到这里,真了不起。一路上见过鼯鼠吗?"

"鼯鼠?是山怪吗?大概一听说我们要来早就逃走了。因为我们是威震天下的少年侦探团啊。"正一耸了耸肩膀,满脸得意。

老爷爷也跟着笑出了声。

"老爷爷,您在这里卖这些东西,有顾客吗?"大野随口问道。

老爷爷指着小屋笑笑说:"我可不是只卖这些东西。瞧,那里挂着猎枪,我是猎人。"

"那您都打什么?熊还是野猪?"

"野猪和熊都在深山里,这一带可没有。不过,今年正月的时候我在大山里捕获了一头熊。"

"真的吗?老爷爷是赫赫有名的猎人吗?"

"我打猎已经几十年了。对了,你们都带吃的了吗,最好在进钟乳洞前把肚子填饱。洞穴很深,等你们吃完,我给你们带路。"

"您还是钟乳洞的导游吗?"

"嗯,春天和秋天的时候,导游是我的副业。"

"谢谢您,不过,我们自己能行。我们已经查了一些钟乳洞的资料,还准备了许多探险工具,一百多米的绳子就有三捆。我们把绳子的一头系在洞口,一路走一路放绳子,这样就不会迷路了。另外,我们还准备了三支手电、指南针和匕首等等。我们是少年探险团,如果依靠导游,探险的意义就不存在了。"小林解释道。

老爷爷听了连连点头:"是啊,像你们这样的少年探险团,没有必要聘请导游。洞穴里有好多岔道,好在你们有这么长的绳子,绝对不会迷路的。"

老爷爷满脸笑容看着这群精神抖擞的少年。大家坐在洞口的岩石上,取出饭盒,津津有味地吃了起来。老爷爷又跟少年们说笑了一会儿,就回到小屋里去了。

黑暗迷宫

少年们一边听着鸟鸣,一边将食物吃得一干二净,又拿起水壶喝够了水。稍稍休息一会儿后,便从旅行背包里取出绳子和手电,整装出发。

钟乳洞口犹如怪物大张的嘴巴,黑洞洞地露出在岩石边。

"好了,请大家注意,我们这就进洞。始走在最后,负责牵引绳子。这块岩石可以,你就把绳子的一端系在这上面。一路上无论遇到什么情况,千万别松开手里的绳子,否则我们就都出不来了。"

按照小林的命令,筱崎始将绳子的一端牢牢系在了洞口的岩石上。

"壮二拿一支手电走在前边,为大家带路。三支手电不能一起使用,否则干电池很快就会用完。请大家一个跟着一个,保持距离,别走散。"

壮二勇气十足地走在前边,摇晃着手电大踏步地朝洞里走去。

小林紧随其后,接下来是信雄、泰二,团员们排成一列纵队,一个接一个地进了洞。始走在最后,手里不停地放着绳子。正一陪着始,担任保镖。

进洞之后走了五六步,路就突然变窄了,只能趴在地上爬着前进。大家查过资料,知道只要十米左右就可以到达宽敞的地方,所以都耐着性子在冰冷的岩地上匍匐前进。不一会儿,果然来到一个比较宽敞的场所。岩洞里光线昏暗,不知道洞顶有多高。

"始,放绳子的工作顺利吗?"

"嗯,一切顺利。"

少年的声音经过洞壁的反射瓮声瓮气的,听起来就像是在井里。

"壮二，手电照着前方。"

手电光束在宽敞的洞穴里来回搜寻，凹凸不平的黑色岩石不断映入大家眼中，借着光束目测，这里是一个边长大约二十米的正方形洞穴，洞顶很高。

"先沿着洞壁转一圈看看吧。"小林借助壮二的手电光向右走去，"看，这里有个洞口，应该就是第一条岔道了。"

"听，好像有流水声？"

"嗯，钟乳洞里有地下河。沿这条岔道朝前走，应该可以到达。"

"看，钟乳石。就跟冰柱似的挂在上面。"壮二的手电照亮了洞顶的一个角落，光圈中巨大的钟乳石犹如巨人的獠牙垂挂在空中。

"再看看下边，应该有石笋，看，那儿。"

眼前的景象让少年们备感新奇，仿佛置身童话世界。

周围一片漆黑，光源只有一个手电。一想到周围的黑暗中随时可能出现从未见过的怪物，少年们不禁心生惧意。

"哇！"不知是谁突然大声嚷了起来，"哇！哇！……"的回音在洞里反复回荡，犹如怪物不停吼叫。

"是谁？怎么回事？"

"吓死我了。"

"是我，是我。"

"齐藤？怎么了？"

"脖子突然一阵冰凉，好像什么东西掉进去了。"

"那一定是从洞顶岩缝里滴下来的水珠。"

一旦说话的声音大一点儿，就会有回音飘荡不止，于是大家都不自觉地压低了声音。

大家沿着冰凉的岩壁在宽敞的洞里转了一圈，居然发现了四条岔道。经过讨论，决定选择最宽阔的第二条岔道继续前进。

走了十米左右，眼前又出现了两条岔道。

"我们有绳子做路标，不怕迷路，只要选择宽敞的岔道前进就可以了。"走在前面的小林说着走进了右侧的岔道。

这条岔道时宽时窄，上下起伏，七拐八弯，似乎没有尽头，而且每走二三十步就会出现一条岔道，简直像个迷宫。

"我们走了多少条岔道了？"

"五条。"

"嗯，是五条。要不是有绳子做路标，我们肯定出不去了。绳子没问题吧？"

"目前还够用，不过剩下的不多了，只有大约二十米了。从洞口到这里，我们大约走了八十米。"

"才八十米？我怎么感觉已经走了五百多米。"

黑暗中，并肩走在最后的始和正一低声交谈。

"这可真称得上探险啊，太刺激了。"

"是啊，我还是第一次来这种地方呢。"

走在队伍中间的上村洋一和斋藤太郎也在窃窃私语。

"大家注意，这里有一座桥。"前面突然传来小林的声音。

说着，小林停住了脚步，黑暗中的队伍也停了下来。

怪　物

"壮二，这条沟好像很深，把手电给我。"小林从壮二手里接过手电朝脚下照去，只见这沟又深又宽，根本不可能跳过去。好在架着一块厚厚的木板，像一座简易桥。木板还很新，应该是不久前刚架上的。手电光根本照不到底，而且似乎越往下越宽。仔细听还能隐约听到水声。要是掉下去，肯定没救了。

"大家小心点，这条沟很深，下面还有水……"小林一边借助手电观察下面的情况一边高声提醒大家。

正在这时,一团黑影出现在手电光束里。手电的光线太弱,一时看不清楚究竟是什么。那东西好像在快速上升,似乎在飞,"嗖"的一下从小林和壮二眼前闪过,消失在岩洞深处的黑暗里。壮二吓了一跳,大叫一声赶紧闪开。壮二的惊呼让大家不由得握紧了同伴的手。只见同样的黑影一个接一个地从下面飞了上来,噗噗啦啦的拍打翅膀的声音响成一片。

"是蝙蝠,大家别怕。蝙蝠怕光,肯定是刚才受到惊吓飞了起来。"小林大声安慰大家。

少年们还是第一次见到这么多蝙蝠,恨不得立即跑出洞口,呼吸一下洞外的新鲜空气。

"怎么了?我们可是少年探险团,要是让人知道我们被蝙蝠吓成这样,还不成了笑话。好了,继续前进。大家注意脚下。"小林抓着壮二的手,率先踏上了木桥,其他人也振作精神,手拉着手排成一列跨过木桥,继续前进。

又走了一会儿,前方陡然开阔起来,他们到了第二处大空洞。

"大家听好,我们还是沿着洞壁逆时针转一圈。"

根据小林的命令,大家手扶冰凉的洞壁向右走去。就在这时,队伍最后猛地传来一声惊呼,紧接着"扑通"一声,有什么东西倒在了地上。

"怎么了?是谁?"

"始被什么东西绊倒了。"是正一的声音。

小林赶紧拿着手电来到队尾,只见始皱着眉头,正准备爬起来。

"没伤着吧?"

"嗯,不要紧。可是……"

"可是什么?"

"总觉得有点不对劲儿。"

"不对劲儿?"

"我们可能有大麻烦了。"

"怎么说?"

"绳子好像断了。之前一直绷得紧紧的,可刚才突然就松了,所以我才摔倒了。而且,现在再拉绳子,一点都不受力了。"始快要哭出来了。

"什么？快让我看看。"

小林吃了一惊，赶紧从始手里接过绳子拽了一下，果然毫不受力。得知这个消息，大家都围了过来。

"绳子断了？是真的吗？"

"不好了，我们回不去了。"

"始，都怪你，这绳子可是我们大家的命根子！"

还坐在地上的始突然伤心地哭了起来："都怪我，都是我不好。"

听始一个劲儿地数落自己，大家也就不再责怪他了，只是一声不吭地站着，寂静的洞里只有始抽泣的声音。

"大家看，这不怪始。绳子的断口不像被岩石磨断的。"

小林这么一说，大家都凑过来仔细查看。

"对，这分明不是磨断的，像是利器割断的。"

"这会是谁干的？钟乳洞里不是只有我们这些人吗？"

"我也正觉得奇怪。"

"割断绳子的人肯定是想让我们在洞里迷路。"

"会是谁呢?难道……"

"什么?难道什么?"

就在小林正要回答的时候,黑暗的洞穴深处传来可怕的吼声。大家都住了嘴,屏住呼吸伸长了耳朵。声音越来越近,少年们不由得从口袋里掏出小刀,瞪大眼睛注意着黑暗里的动静。听声音可能是野兽,难道野熊也在洞里迷路了?

"大家站着别动,如果有危险,看我的手势,按照顺序返回刚才来的那条路上。听见了吗?"小林临危不惧,交代几句后就拿着手电朝声音传出的方向走去。突然,一个庞然大物出现在光圈里,凶相毕露。少年们一个个大惊失色,一时间竟都动弹不得。

钟乳洞里怎么会有这样的怪物?只见那怪物人立着,跟成年人差不多高,全身长毛,脑袋像猫头鹰,但足足大了三十倍,脸上也长满了毛,两只眼睛在黑暗中发着幽光。

少年们吓得眼睛都不敢眨一下，只能一动不动地与这怪物对视。突然，怪物向前走了几步，同时张开硕大的翅膀不停地拍打。说是翅膀，却跟所有的鸟的翅膀都不一样，而是像画上的恶魔的翅膀，翼展足有五米。

起初，大家都以为碰上了怪物，定睛细看，才发现那原来是一只巨大的蝙蝠。但要说是蝙蝠的话也实在太大了些，难道刚才飞进洞里的那群蝙蝠凝聚成了这一只超级蝙蝠？还是说眼前这个大家伙是刚才那些蝙蝠的首领？

少年们犹如深陷噩梦，紧张得仿佛心脏已经停止了跳动。

怪物紧盯着瑟瑟发抖的少年们，从黑暗深处一步一步走来。它猛地扇动起翅膀，似乎马上就要腾空而起。

"大家别怕，跟在我后面一起跑。"

小林也坚持不住了，打起手电转身朝来时的方向跑去。听到小林的喊声，大家如梦方醒，一窝蜂似的跟在小林身后。跑在最后的是正一，他平时最喜欢炫耀自己的力量，可即便是优秀的相扑运动员也不是眼前这个怪物的对手。小林不时回头张望，检查是否有人掉队。跑到刚才那条深沟的时候，他突然停住了脚步，也幸亏他停得快，才没有失足掉下这万丈深渊——刚才架在沟上的那块厚木板不知什么时候不翼而飞了。

消失的木板和割断的绳子，这钟乳洞里肯定有人针对少年们。少年们进退两难，前面是无法跨越的深沟，后面有怪物追赶，大家喘着粗气，惊惧不已。

就在这时，背后的黑暗深处传来一阵诡异的笑声。小林赶紧用手电朝那里照去，只见五六米外的黑暗中，那怪物正狂笑不已，声音酷似少女。等等，天底下还有这样笑的怪物吗？不，也许是梦，也许是黑暗里产生的幻觉，也许是少年们中了岩洞妖魔的邪。

蝙蝠说话

少年们被眼前的一幕吓得呆立当场。像成年人那么高的巨大蝙蝠大笑不止，还是少女的声音，不但如此，这怪物竟然开口说话了："嘿嘿嘿……你们这些胆小如鼠的家伙，还敢自称什么少年侦探团。喂，小林，你怎么也吓得抖个不停？平时那股神气劲儿到哪里去了？"

小林一骨碌从地上爬起，这声音好像在那里听见过。不一会儿，他恍然大悟。他再次将手电向声音传来的地方照去，那怪物又一次出现在光圈里。不知什么时候它竟然靠了过来，此时离他们只有一米之遥了。

少年们一齐看向那里,那家伙实在是面目狰狞,大家又赶紧捂住了眼睛。

长满长毛的脸上,两只眼睛闪着幽光,鹰嘴般的尖嘴大张着,两排蜡黄色的牙齿突出唇外,鲜红的舌头垂在一边,仿佛马上就要择人而噬。

这时的小林已经不再害怕。动物怎么可能口吐人言?既然像人那样说话,这里面肯定藏着一个人。

"你到底是谁?打算干什么?"小林瞪大眼睛直视怪物。

"我就是你们要找的那个人,哈哈哈……"怪物说完大笑不止。

果然是人。

少年们恍然大悟,心里不由得松了一口气。不过当他们想到对方究竟是谁后,另一种恐惧又袭上了心头。

小林的脑海里也浮现出那家伙的名字。可在这暗无天日的岩洞里说出魔鬼般的名字,是需要鼓起相当勇气的。因为这家伙远比怪物可怕。小林迟疑了好一会儿，终于还是大声说了出来："你是二十面相！"

"你终于明白了。没错，我就是二十面相。二十面相不仅能化装成人，还能化装成各种各样的动物，就连这世上没有的怪物也可以，哈哈哈……没想到吧，我居然在这里等着你们。其实，你们一步步的行动完全都在我的计划之中。是桂正一和筱崎始建议你们来钟乳洞探险的吧？他俩是听了同学的介绍才一再推荐这里的，可让他们的同学这样说的人正是我。明白了吧？哈哈哈……你们按照我计划好的，一步步钻进了我专门为你们设下的圈套。你们拒绝了洞口的老爷爷给你们带路，以为有绳子和手电就万无一失了，这些都在我的算计之中。割断绳子的是我，搬走木板的也是我，我又化装成这样把你们吓破了胆，哈哈哈……这一切还真是让我心情舒畅啊。你们一再坏我好事，我一直在等待机会报复你们，这下终于得偿所愿了。瞧你们一个个吓得那样，也敢自称少年侦探，简直是笑话，哈哈哈……下面还有更精彩的等着你们呢,好戏才刚刚开始。

"你们既然来到这里,就别指望再出去了。少了你们,我的计划就可以一帆风顺了。绳子已经断了,这里就像个巨大的迷宫,你们再走上十天二十天也找不到洞口。在这么黑暗的洞里,你们的手电顶多只能再用上两三天。更重要的是,你们很快就会又饿又渴。你们就在这一片黑暗中等待自己的末日吧。也不要幻想有人来救你们了,哈哈哈……那家伙不可能来了。就算来了,他也不是我的对手,哈哈哈……"

四周一片漆黑,只有手电光圈里那张怪脸喋喋不休,犹如电视里的特写镜头,就算心里知道他是二十面相,恐怖的感觉仍然挥之不去。

"不,不仅如此,还有明智小五郎。很快我也会让他来到这里的,让他跟你们落得同样的下场。哈哈哈……只要你们回不去,东京那边就会心急如焚。不用说,警方会派遣警队赶到这里。可在他们出发之前,思念弟子心切的明智小五郎肯定会更早一步赶到这里来救你们。这样一来,他也会跟你们一样钻进我的圈套,在这漆黑的洞里等死。我不喜欢流血,也从不杀人,但如果你们自己在洞里迷路之后饿死就不关我的事了。这纯粹是你们咎由自取,哈哈哈……"

化装成怪物的二十面相和盘托出了自己的复仇计划,得意忘形地嘲笑着少年侦探们。笑声在漆黑的钟乳洞里回荡,久久不散。

明智被俘

第三天中午,一位头戴鸭舌帽、一身旅行装束的绅士来到钟乳洞附近的老猎人家向他打听情况,正是大侦探明智小五郎。

少年侦探团去钟乳洞的第二天晚上,仍然没有回家,家长们有的打电话询问,有的到明智侦探事务所打听。次日拂晓,明智就赶在警队出发前急匆匆地来到了钟乳洞,寻找少年们的下落。

他来到猎人家的时候,凑巧主人在家。门口摆满了各种各样的水果和食品。

"您是来游钟乳洞旅游的吗?"老猎人慢吞吞

地问道，似乎压根儿不清楚少年们已经在洞里被困了两天两夜。

"我不是来旅游的。请问，您是钟乳洞的导游吗？"

"是的，我是导游。"

"我从东京来，叫明智小五郎。前天，有十一个少年组成的探险团来钟乳洞旅游，请问您见过他们吗？"

明智递上名片，老猎人似乎不识字，连看也不看一眼："嗯，来了好些人。怎么，发生什么事了？"

"那些少年应该都进入钟乳洞了吧？"

"是啊，都进去了。他们拒绝了我的好意，说不需要导游。"

"那，您看见他们从洞里出来了吗？"

"嗯……没看见。他们进洞后，我正巧有事下山去了。这不，我也是刚回来。我想他们肯定回去了，绝不可能在钟乳洞里过夜。"

"这些少年直到今天早晨还没有返回东京。一路上，我向车站工作人员和汽车司机都打听过了，都说没见过他们。因此，我担心他们是不是迷路被困在洞里了……"

"什么，您说他们还没回去？不会弄错吧？我在这里干了十几年的导游，还没听说过有游客因迷路被困在洞里。少年们有热情，好奇心强，是不是往更深处探险去了。"老猎人双手抱在胸前，歪着脑袋思索。

"您是说朝洞内深处去了？会不会在那里迷路了？"

"那倒有可能。我虽说是导游，也从来没去过钟乳洞深处。通常，单独的游客就在洞口很近的地方稍稍玩一下就出来。说实在的，谁都没见过钟乳洞深处究竟是怎么回事。"

"照这么说，少年们也许去了不该去的地方。我打算亲自到钟乳洞里寻找他们，您能否担任我的向导？手电我这里有。"

"好吧，我带您去，现在就出发。"老猎人说着走进里面的房间，再出来时，顺手拿了双旧草鞋穿上就走在了明智前面。明智拄着拐杖跟在老猎人身后。

两人离开小屋刚走了十来米,小屋背后闪出一个人影。尽管天气暖和,可他居然披着黑色的斗篷,全身上下包裹得严严实实。那人走起路来蹑手蹑脚,似乎在跟踪两人。走在前面的老猎人和跟在他身后的明智,都没有察觉到那人,两人一路说着进了钟乳洞,那个披黑斗篷的人也跟在后面进了洞。

一进钟乳洞,明智立刻打开手电,一边照着地面一边跟在老猎人身后。老猎人似乎十分熟悉地形,径直朝深处走去。走了大约二十米,跟在老猎人身后的明智忽然惊呼出声,与此同时,手电也熄灭了,瞬间变得一片漆黑。

"怎么回事?是不是摔倒了?脚下危险,请多留点神。"老猎人在黑暗中转过身来。

"没事,刚才绊了一下,手电也不知掉到哪里去了。啊,找到了,找到了,好了,好了,不要紧了,请继续带路吧。"明智说着捡起手电重新打开。

之前少年们来的时候洞口一带的地面明明很平坦，谁也没有绊倒，一向谨慎的明智怎么会这么不小心呢？

此后一切正常，两人一前一后向洞穴深处走去，路线与之前少年们的路线完全一致，穿过宽敞的岩洞，就到了那条深沟边。

"桥在这里，请小心，这下面可是很深的。"

不知是谁在什么时候又放回了厚木板，可是当他俩过桥来到对岸后，老猎人突然弯腰举起木板扔进了深沟。

"喂，这是干什么？这下我们可就回不去了。"明智大吃一惊。

老猎人一阵冷笑："怎么，您还打算回去？"

"当然，你想干什么？"

"嘿嘿嘿……这里是通向地狱之路，一旦进来就出不去了。"

"你，你说什么？喂，老人家，你疯了吗？"

"嘿嘿嘿……明智，您才疯了，不仅疯了，还十分愚蠢。"

老猎人的声音竟然跟之前完全不一样了,听起来像是个年轻人,而且还是地道的东京口音。

"你是……"明智似乎明白了什么。

"您以为我是谁?明智先生,别是吓得说不出话了吧。哈哈哈……我就是您要找的蛭田博士。当然,还有一个响亮的名字——二十面相,哈哈哈……没想到吧,大名鼎鼎的大侦探光临钟乳洞,向导居然是仇敌二十面相。哈哈哈……那些少年都被我关起来了,就在这钟乳洞里。您可能不知道吧,这洞里有一个巨大的蝙蝠怪物,把那些少年吓坏了。唉,他们真可怜,眼看就要饿死了。蝙蝠怪物当然也是我化装的,我还能化装成动物,哈哈哈……"

"喂,你想怎么样?"明智毫不畏惧。

"我要让你和那些少年一样,在这钟乳洞里饿死。只要你们不死,就总是碍我的事,是你们逼得我不得不出手了。我讨厌杀人,讨厌血,可你们在这洞里饿死,既不需要我动手,也不会流血,这样一来就不关我的事了,哈哈哈……这办法不错吧?

这里就是你们的坟墓。喂，把手从口袋里拿出来，要是敢乱动，我的子弹绝对比你的快。"

化装成老猎人的二十面相早已先发制人，握着手枪瞄准了明智的胸膛。

明智没有机会掏枪，只能听凭对方的发落。现在别说救人，就连他自己也成了二十面相的俘虏。最重要的导游居然是二十面相，返回洞口的必经之"桥"也毁了，即便明智再有勇有谋恐怕也走不出这黑暗的迷宫了。他和十一个少年侦探都将难逃在钟乳洞里饿死的噩运。

"哈哈哈……真是太高兴了，从来没有像今天这么高兴。我只是略施小计，堂堂的大侦探就成了我的笼中鸟。可怜的明智，我带您去会会那些小家伙吧，他们总是妨碍我的计划。现在好了，他们只能在这漆黑的洞里哭鼻子了。我这就带您去慰问他们，哈哈哈……"

二十面用手枪抵着明智的后背朝洞穴深处走去。

一败涂地

明智被打了个措手不及,成了二十面相的俘虏。现在,他只能按照二十面相的命令朝洞穴深处走去,背后被枪口紧紧抵着,根本无计可施。

二十面相又一把夺过明智手里的手电,从他身后照着路。形状各异的岩石不停从黑暗中涌出,有的地方必须匍匐通过,有的地方只能侧着身子挤过去。就这样走了五六十米,眼前突然开阔起来。

"喂,瞧你那些可爱的少年侦探们,正挤在一起哭鼻子呢。"二十面相得意忘形,将手电朝少年们照去。

光圈里出现了筋疲力尽缩在角落里的十一个少年的身影。他们从昨天起就已经没吃没喝了，这会儿又饿又渴，而且一个个都累坏了，再加上洞里的阴冷，全都耷拉着脑袋，无精打采。刚开始他们还拼命寻找洞口，可转来转去总是回到原来的地方，而且食物和水很快就没了。但他们一直没有放弃希望，因为他们坚信明智先生和警方一定会来营救他们的。

"喂，少年侦探们，你们最崇拜的明智先生来了。为了救你们出去，他从东京千里迢迢地赶到这里。结果呢，跟你们一样，成了我二十面相的俘虏。哈哈哈……喂，明智先生，我帮您找到这些少年了，您就永远在这里陪他们吧。妄想抓我二十面相，这下好了吧，这是报应，哈哈哈……"这恶毒的嘲讽仿佛来自地狱，在岩洞里不住回荡。

少年们一齐起身循声看去，虽说又渴又饿，但一个个仍握紧了拳头。

小林听说先生来了，再也忍耐不住了，竟然不顾黑暗中的二十面相，奋不顾身地朝明智跑去。

"先生!"小林跑到明智跟前,摸索着抓住了明智的胳膊。

"小林,你不要紧吧。"明智也双手扶住了小林的肩膀。

"嘿嘿嘿……师徒相见,真是感人啊。不过你们再也见不到阳光了。"二十面相似乎是在自言自语,得意洋洋地盯着明智和小林的身影。这对长期跟自己作对的师徒终于成了自己的阶下囚,这怎能不让他心花怒放。

大概有那么二十几秒,二十面相沉浸在胜利的喜悦中,不知不觉间放松了警惕。就在这期间,正一领头,五名少年侦探匍匐着向他靠近,无声无息地爬到了他脚边,看到他得意忘形地将握枪的手垂下的那一瞬间,五个少年一跃而起,抓住了握枪的手。

"啊!"二十面相疼得叫了起来。原来,始猛地咬住了他的手腕,握枪的手不由得松开了,可始仍然紧咬不放。

明智不可能错过这么好的时机,赶紧掏出手枪瞄准了二十面相的胸膛。小林也敏捷地从地上捡起混乱中掉落的手电和手枪,光圈直接照在了二十面相脸上。没有人说话,只有急促的呼吸声。二十面相将双手举得高高的,开始后退,明智握着枪,步步紧逼,小林的手电光束始终照着二十面相。

一步,两步……二十面相像螃蟹似的沿着洞壁横行二十多步了,突然诡异地笑了起来。明智和少年们暗叫不好,那家伙一定又有什么诡计。不能大意!大家目不转睛地盯着他,只见他背后的黑暗中渐渐浮现出一个庞然大物。

明智从没见过这样的怪物,一时没有反应过来,少年们与这怪物打过交道,一眼认出那是蝙蝠怪物,可,怎么又有一只?

"先生,那不是真正的蝙蝠,是人化装的。"小林赶紧挽住明智的手臂,压低嗓音提醒。

忽然,背后传来惊叫,好像是壮二的声音。明智和小林急忙转过脸循声望去,手电也朝那里照去。只见又有一个蝙蝠怪物正挟持着壮二,手上的枪抵着壮二的额头。明智、小林和少年们陷入了包围之中。不仅如此，挟持壮二的蝙蝠怪物背后还有两个同伙，一共有五个，而且手里都有枪。

"哈哈哈……"二十面相仰天狂笑，洞里回音不止。不，不是回音，而是五个蝙蝠怪物都在笑，两排蜡黄色的牙齿间晃动着鲜红的舌头。

"大侦探先生，让您受惊了。哈哈哈……您以为我只有一个人吗？对付您这样的敌人，我不得不多加小心。好了，快投降吧，手枪和手电都给我乖乖地交出来！怎么，不愿意？哈哈哈……那好，我用壮二换你们的手枪和手电。听见了吗？快交出来！再磨蹭，我只要一声令下，壮二的额头上就会多出一个小窟窿。"

纵然心有不甘，但绝不能让壮二有任何危险。明智二话没说，把枪递给了二十面相，小林也只得交出了手电。

二十面相接过手枪和手电，又是一阵得意洋洋："哈哈哈……大侦探，现在知道二十面相的厉害了吧。你们就待在这里反省吧。一个月，两个月，一年，两年，不管多长时间都行。"

话音刚落,手电熄灭了,二十面相也随之消失了。瞬间,岩洞里又恢复了原先的黑暗,传来翅膀拍打的声音,五个巨大的蝙蝠怪物也遁入了黑暗中。

少年们带来的三支手电全被收缴了,就连明智带来的手电也成了二十面相的战利品,大家只能在黑暗中摸索。在这即便有灯光也很容易迷路的岩洞里,像这样根本不可能回到洞口。退一步说,即便能找到回去的路也不可能越过那道深沟。难道明智大侦探和少年侦探团只能在暗无天日的钟乳洞里了却余生了吗?

反败为胜

"赢了,我赢了!明智小五郎完蛋了!我还从没像今天这么痛快过。东京,不,整个日本不久都将成为我的天下。没了明智小五郎,没了小林芳雄,没了少年侦探团,我就可以随心所欲,喜欢什么就拿什么,整个日本的文物、古董和宝石都将属于我。"二十面相按捺不住心中的激动,一边快步赶回洞口,一边不住地自言自语。

可是他要怎么越过没了木板的深沟呢?那里可是返回洞口的必经之路。只见他来到距离深沟十米左右的地方停住了脚步,手电朝左边岩壁照去。

"明智就是再有能耐也不可能知道这儿有机关，这秘密除了我没有第二个人知道。"二十面相自言自语，把手伸进岩缝启动了机关。旁边的一块岩石犹如一座石门无声地开了，出现了一个直径大约半米的不规则的洞口，原来是一条秘密通道。乍一看，石门与周围的岩壁没什么两样，其实那是模仿岩壁制作的混凝土暗门。

二十面相钻进秘密通道后，又将暗门恢复原样，沿着狭小的暗道爬了十五六米，随后又开启了一处暗门，爬出了暗道。暗道这一端的出口已经离洞口不远了，二十面相掸掉身上的泥土，朝洞口走去。

刚走了五六步，二十面相猛地停住脚步直愣愣地望着前方。他迟疑片刻，将手电晃了晃，不可置信地揉了揉眼睛。只见前面站着一个人，正双手抱胸看着自己。

二十面相瞠目结舌，怎么会是明智小五郎？刚才自己不是把他困在岩洞里了吗？想要回到这里，要么越过深沟，要么走秘密通道，可那是只有自己一个人知道的秘密啊。明智是怎么赶到自己前面的呢？二十面相越想越觉得害怕，握着手电的手开始颤抖，照在明智脸上的光圈也跟着晃动起来。于是，明智身影仿佛幽灵在黑暗里摇晃。

"你怎么可能是明智，快让开！"二十面相虚张声势，厉声喝道，可声音颤抖。

"哈哈哈……我怎么不是明智？对不起，让你受惊了，二十面相君。"明智依然双手抱在胸前，语带嘲讽。

"你，你是怎么抢在我前面的？"

"哈哈哈……当然是从洞口到这里的。怎么，你觉得奇怪？"明智以胜利者的口气答道。

"什么？你说你是从洞口进来的？不可能。我不是把你困在岩洞里了吗？像那种地方，没有救援，你们一辈子也出不来。"

"被你困在那里的可不是我。我确实是从洞口进来的。"

"那不可能。我确实把你……"二十面相那双眼睛都快要瞪出眼眶了。

"哈哈哈……看来今天应该高兴的不是你,而是我。没想到魔法高手二十面相居然被我的小伎俩耍了,真是让人心情愉悦。对了,你一定以为我是替身,可被你困在洞里的那个才是替身。"

"你,你说什么?"二十面相惊慌失措,怎么也想不明白这到底是怎么回事。

"我是明智,被你困在洞窟里的是替身。"

"不可能!虽然洞里很黑,但那家伙是先到洞口小屋向我打听,再由我带到洞里的。我与他并肩来到洞口,在洞外我打量得非常仔细,绝对不会弄错。被困在洞里的才是明智,而你是替身!"二十面相更像是在说服自己。

"哈哈哈……今天的二十面相有点愚钝啊。如果还不明白,我就再向你解释一遍。我一听说少年侦探团的团员们下落不明,立刻想到罪魁祸首就是你。你多半化装成一个谁也不会注意的人,假装居住在洞口附近冒充导游。随后,你很有可能让少年们在洞里迷路,把他们困在洞里。于是,我通知警方后就带上我的替身赶到这里。替身穿着我平日里穿的衣服,披上黑色斗篷,与我保持一定距离跟在身后来到这里。

"我一到这里就发现了那个小屋,并发现你不是真正的导游。虽说你的化装没有半点可以挑剔的地方,可你脸上的表情很不自然。不过,我还是若无其事地拜托你担任导游。从小屋到洞口,还有进洞之后的一小段路,与你并肩行走的确实是我。不过,你大概没有察觉到我身后还有一个人,那正是我的替身。

"你应该还记得,刚进洞没多久,我被绊倒了,连手电也掉了,周围一片漆黑。那当然是我故意的。就是那个时候,跟在身后的替身和我交换了位置。我披上黑斗篷悄悄躲在手电照不到的黑暗中,我的替身则捡起手电模仿我的声音跟你说'没关系'。哈哈哈……听明白了吧?说白了也没什么复杂的,可你却被如此简单的小把戏骗了,对我的替身深信不疑,把他一直带到洞穴深处,然后得意洋洋地回到这里,而我一直就在洞口等你。"

二十面相的惊讶和颓丧没有持续太久,他突然又恢复了斗志。现在是一对一,还有机会。

"哼!明智君,你还真有一套。介绍完你的小把戏,现在轮到我了。你看这是什么,哈哈哈……明智君,没想到我还有这一手吧?快举起手来!子弹可是不长眼睛的。"二十面相语气强硬,手上的枪口瞄准了明智。

可明智既没有惊慌失措,也没有掏手枪,依然双手交叉着抱在胸前,满脸微笑,对二十面相不理不睬。

"再不把手举起来,我可就开枪了!"
"该举起手来的是你,看看你身后吧。"

明智出奇的平静,这让二十面相反倒紧张起来,急忙转过脸朝背后看去。不知什么时候,身后多了三名全副武装的警官,三支黑洞洞的枪口都对准了他。

二十面相犹如被当头浇了一盆冷水,冷汗直冒。他努力定了定神,打算从明智身边强行闯出洞口。可洞口也出现了好几名荷枪实弹的警官,并且正在步步逼近。已经走投无路了!不过,二十面相不可能束手就擒，他利用洞里的黑暗开始了垂死挣扎。

有警官把守洞口，二十面相只能在洞里左躲右闪，与警官玩起了"捉迷藏"。六名歹徒、十多名警官、真假明智以及十一名少年在一个多小时的时间里上演了闻所未闻的钟乳洞大追捕。六名歹徒最终筋疲力尽，被警官们五花大绑扔在了洞口。

"明智君，还是您技高一筹，我甘拜下风。"二十面相喘着粗气，声音嘶哑。

江户川乱步年谱

1894年 出生

本名平井太郎,10月21日出生于三重县名张市,为家中长子。父平井繁男,时任名贺郡官府书记员。母平井菊。

1897年 3岁

因父亲工作调动,举家搬迁至名古屋市。

1901年 7岁

4月,进入名古屋市白川寻常小学就读。

1903年 9岁

《大阪每日新闻》连载菊池幽芳的《秘密中的秘密》,母亲每晚都会念给他听,从此对侦探故事萌生了极大兴趣。

1905年　11岁

4月，进入市立第三高等小学。协助父亲采用胶版誊写版印刷和发行少年杂志。二年级时喜欢上了押川春浪的武侠冒险小说。

1907年　13岁

4月，升入爱知县立第五初级中学。读到黑岩泪香的《岩窟王》，印象特别深刻。

1908年　14岁

其父开设平井商店，主营进口机械的贸易销售，兼营外国保险代理和煤炭销售业务，并采购全套铅字，印刷和发行《中央少年》杂志。秋天，开始在学校附近租借宿舍，独立生活。

1910年　16岁

与要好同学坐船到中国的东北地区旅行。

1912年　18岁

3月，初中毕业。因喜欢出版事业，与同学到处奔走、筹备。6月，其父开设的平井商店破产倒闭。由于失去了学费来源，没有继续上高中。随父亲坐船到朝鲜马山，从事垦荒和测量工作。8月，只身赴东京勤工俭学，以优异成绩考入早稻田大学预备班，白天上学，晚上寄宿在东京都本乡汤岛天神町的云山印刷厂，逢休息日打工。12月，迁到春日町借宿，业余时间靠誊写挣钱。

1913年 19岁

春，与祖母在东京牛込喜久井町生活，重读黑岩泪香等著名作家写的侦探小说。曾计划印刷和发行《少年新闻报》。8月，预备班毕业，考入早稻田大学经济学专业学习。

1914年 20岁

春，与同学创办《白虹》杂志，利用业余时间阅读爱伦·坡、柯南·道尔等英国作家的短篇侦探小说。为了阅读侦探小说，辗转于各大图书馆，所做的笔记装订成册，称为《奇谈》。

1915年 21岁

其父回国供职于某保险公司，在牛込与全家一起生活。继续阅读外国侦探小说，并悉心研究"暗号通讯文书"的由来、规则和特点。

1916年 22岁

8月，毕业于早稻田大学经济学专业，入职大阪府贸易商加藤洋行。

1917年 23岁

5月，从加藤洋行辞职，在伊东温泉开始阅读谷崎润一郎的作品《金色之死》，执笔撰写电影评论文章。11月，入职三重县鸟羽造船厂电机部，参与内部杂志《日和》的编辑。

1918年 24岁

4月，其父再赴朝鲜工作。与鸟羽造船厂的同事组织"鸟羽故事会"，在各剧场、小学巡回。冬，在坂手村小学结识村上隆子。

1919年 25岁

辞职到东京。2月，与两个弟弟在东京本乡驹达町经营一家旧书店"三人书房"。7月，在书店二层编辑《东京PACK》杂志。11月，开设中华面馆。同年，与村上隆子成婚。

1920年 26岁

2月，入职东京市政府社会局。10月，关闭旧书店，入职大阪时事新报社，担任记者，经常与井上胜喜谈论侦探小说，开始撰写《二钱铜币》。

1921年 27岁

3月，长子平井隆太郎诞生。4月，在东京担任日本工人俱乐部书记。

1922年 28岁

8月，辞职后回到大阪府外守口町的父亲家，与父亲一起生活。9月,《二钱铜币》《一张收据》完稿,正式向某杂志社投稿,但未被采用。不久,改投《新青年》杂志,经审定采用。12月,入职大桥律师事务所。

1923年　29岁

4月,《二钱铜币》在《新青年》刊载,小酒井不木博士长文推荐。7月,《一张收据》在《新青年》刊载,辞去大桥律师事务所工作,入职大阪每日新闻社广告部。

1924年　30岁

4月,关东大地震,全家迁回大阪。7月,在《新青年》发表《二废人》。10月,在《新青年》发表《双生儿》。11月底,离开大阪每日新闻社,成为职业作家。

1925年　31岁

1月,在《新青年》增刊发表《D坂杀人事件》,名侦探明智小五郎首次登场。到名古屋拜访小酒井不木。之后,到东京拜访森下雨村,结识《新青年》派作家。2月,在《新青年》发表《心理测验》。3月,在《新青年》发表《黑手组》。4月,在《新青年》发表《红色房间》,与春日野绿、西田政治、横沟正史等作家发起创建"侦探兴趣协会"。5月,在《新青年》发表《幽灵》。7月,在《新青年》发表《白日梦》《戒指》。8月,在《新青年》增刊发表《天花板上的散步者》。9

月，在《新青年》发表《一人两角》，在《苦乐》发表《人间椅子》；其父逝世。10月，成立"新兴大众文艺作家协会"。

1926年　32岁

发表侦探小说《噩梦塔》(直译名《幽鬼之塔》)等多篇作品。12月，在《朝日新闻》上连载《畸心人》(直译名《侏儒法师》)。

1927年　33岁

3月，停笔，与妻平井隆子开设"宿舍租借有限公司"。不久，独自外出旅行，到日本海沿岸、千叶县沿岸等地；10月，到京都、名古屋等地；11月，与小酒井不木、国枝史郎、长谷川伸和土师清二等人创建大众文艺民间合作组织"耽绮社"。

1928年　34岁

3月，出售早稻田大学附近的宿舍。4月，买下东京户塚町源兵卫一七九号的房屋。同年，发表《丑角师》(直译名《地狱丑角师》)。

1929年　35岁

1月，在《新青年》发表《噩梦》。6月，发表处女随笔《恶魔王》(直译名《恐怖的魔王》)。8月，在《讲谈俱乐部》连载《蜘蛛男》。

1930年 36岁

5月,改造社出版《孤岛之鬼》。7月,在《讲谈俱乐部》连载《魔术师》。9月,在《国王》连载《黄金假面》。10月,讲谈社出版《蜘蛛男》。

1931年 37岁

5月,平凡社出版《江户川乱步选集》13卷。同年,出版《迷重重》(直译名《钟塔的秘密》)、《暗黑星》和《邪与恶》(直译名《影男》)。

1932年 38岁

3月,停笔,带全家外出旅游,先后到过京都、奈良、近江等地。

1933年 39岁

1月,加入大槻宪二创建的"精神分析研究会",每月出席例会,并为该会《精神分析杂志》撰稿。4月,长子平井隆太郎升入大阪府立第五初中学校。同年,好友山本直一辞去博物馆工作,担任江户川乱步的助手。12月,在《国王》连载《红蝎子》(直译名《红妖虫》)。

1934年 40岁

发表《恐吓信》(直译名《魔术师》)、《黑天使》和《不归路》(直译名《死亡十字路》)。

1935年 41岁

1月,平凡社陆续出版《江户川乱步杰作选》12卷。6月,春秋社出版《人间豹》。9月,编写《日本侦探小说杰作集》,由春秋社出版,并发表长篇评论文章。

1936年 42岁

1月,在《讲谈俱乐部》连载《绿衣人》;在《少年俱乐部》连载《怪盗二十面相》。5月,春秋社出版评论集《鬼的话》。12月,讲谈社出版《怪盗二十面相》。

1937年 43岁

1月,在《讲谈俱乐部》连载《噩梦塔》(直译名《幽鬼之塔》),在《少年俱乐部》连载《少年侦探团》。战争爆发后,政府当局对于出版物的审查越来越严格,江户川乱步的所有小说被禁止出版发行,不得不停止撰写侦探小说。为了生活,江户川乱步借用别名为少年儿童撰写探险小说。后来,当局只允许江户川乱步撰写防谍反特小说,在杂志和报纸决定连载前,必须经过外交部、内务部、警视厅和宪兵机构的联合审查,达成一致意见后方可使用江户川乱步的名字刊登。由于公开抗议,被勒令停止写作,结果只写了一部小说。

1938年　44岁

1月，在《少年俱乐部》连载《妖怪博士》。3月，讲坛社出版《少年侦探团》。4月，新潮社出版《噩梦塔》。9月，新潮社出版《江户川乱步选集》10卷。

1939年　45岁

1月，在《讲谈俱乐部》连载《暗黑星》，在《少年俱乐部》连载《蒙面人》。2月，讲谈社出版《妖怪博士》。

1940年　46岁

2月，讲谈社出版《蒙面人》。7月，因心脏不适住院治疗。10月，与同人创立"大政翼赞会"。

1941年　47岁

7月，非凡阁出版《噩梦塔》。12月，任东京池袋丸山町防空会长。

1942年　48岁

任东京池袋北町会副会长，以"小松龙之介"的笔名连载《聪明的太郎》。

1943年　49岁

与著名作家井上良夫书信往来，交流对欧美侦探小说的看法。8月，开始连载科幻小说《伟大的梦》。11月，东京大学文学部在读的长子平井隆太郎被征召入伍，为其举行送别会。

1944年 50岁

出任行政监察随员助手,后在町会领导下开设军需品加工厂生产皮革制品。

1945年 51岁

4月,家属被疏散到福岛,自己则只身留在东京池袋,继续担任町会副会长。6月,因病被疏散到福岛。8月,在病床上听到裕仁天皇宣布无条件投降,平井隆太郎从土浦飞行队退役。11月,举家迁回池袋。

1946年 52岁

6月,倡议成立"侦探小说星期六研讨会",每月开一次例会。

1947年 53岁

6月,"侦探小说星期六研讨会"更名"侦探作家俱乐部",被选举为第一届主席。11月,到关西等地演讲,普及和推广侦探小说。没有新作问世,但旧作再版达31部。

1949年 55岁

1月,在《少年》连载《青铜怪人》。6月,再度当选侦探作家俱乐部会长。11月,光文社出版《青铜怪人》。

1950年 56岁

1月,在《少年》连载《虎牙》。3月,在《报知新闻》连载《断崖》,为战后首部短篇侦探小说。12月,光文社出版《虎牙》。

1951年 57岁

1月,在《趣味俱乐部》连载《恐怖的三角馆》,在《少年》连载《透明怪人》。5月,岩谷书店出版评论集《幻影城》。12月,光文社出版《透明怪人》。

1952年 58岁

1月,在《少年》连载《怪盗四十面相》。3月,评论集《幻影城》荣获侦探作家俱乐部授予的"第五届优秀侦探小说勋章"。7月,辞去侦探作家俱乐部会长一职,任名誉会长。12月,光文社出版《怪盗四十面相》。

1953年 59岁

1月,在《少年》连载《宇宙怪人》。12月,光文社出版《宇宙怪人》。

1954年 60岁

1月,在《少年》连载《塔上魔术师》。10月,日本侦探作家俱乐部、东京作家俱乐部和捕物作家俱乐部联合主办"江户川乱步六十大寿庆典",会上正式设立"江户川乱步奖"。《别册宝石》第四十二期杂志作为

"江户川乱步六十周岁纪念特刊",《侦探俱乐部》十二月号杂志也作为"乱步花甲纪念特刊"。著名作家中岛河太郎编纂和发行《江户川乱步花甲纪念文集》。11月,映阳堂出版《江户川乱步选集》10卷。12月,光文社出版《塔上魔术师》。

1955年　61岁

1月,在《趣味俱乐部》连载《影男》,在《少年》连载《海底魔术师》,在《少年俱乐部》连载《灰色巨人》。5月,举行首届"江户川乱步奖"颁奖仪式。11月,在三重县名张市举行"江户川乱步诞生地"树碑庆贺仪式。12月,光文社出版《海底魔术师》《灰色巨人》。

1956年　62岁

1月,在《少年》上连载《魔法博士》,在《少年俱乐部》上连载《黄金豹》。1月24日,"日本翻译家研究会"成立,出任研究会顾问。2月,出任"日本文艺家协会语言表述问题专业委员会"委员。4月,发表《英文翻译侦探小说短篇集》。8月,接任《宝石》杂志主编。11月,光文社出版《马戏团里的怪人》《魔法人偶》。

1957年　63岁

1月,在《少年》连载《夜光人》,在《少年俱乐部》连载《奇面城的秘密》，在《少女俱乐部》连载《塔上魔术师》。12月，光文社出版《夜光人》《奇面城的秘密》《塔上魔术师》。

1959年　65岁

1月，在《少年》连载《假面具背后的恐怖王》。11月，桃源社出版《欺诈师与空气男》，光文社出版《假面具背后的恐怖王》。

1960年　66岁

1月，在《少年》连载《带电人M》。4月，出任东都书房《日本侦探推理小说大集成》编辑委员。

1961年　67岁

4月，成为文艺家协会名誉会员。7月，出席"江户川乱步从事侦探小说创作四十周年庆典"，桃源社出版《侦探小说四十年》。10月，桃源社出版《江户川乱步全集》18卷。11月3日，荣获日本政府颁发的"紫绶褒勋章"。

1963年　69岁

1月，"日本侦探作家俱乐部"升格为社团法人"日本推理作家协会"，被一致推选为第一届理事长。8月，再次当选，坚辞不受，亲自提名松本清张接任第二届理事长。

1965年　71岁

7月28日，突发脑出血逝世，戒名智胜院幻城乱步居士。获赠正五位勋三等瑞宝章。8月1日，在青山葬仪所举行日本推理作家协会葬，墓所位于多摩灵园。

译后记

我1981年8月考入宝钢翻译科从事翻译工作，1982年初开始从事日本文学翻译，1983年2月首次发表日本文学译作。四十余年来，我一直致力于中日民间文化交流，尤其是翻译了日本推理文学鼻祖江户川乱步的作品全集，由衷地感到欣慰和满足。

《江户川乱步全集》共46册，数百万言，历经数个寒暑才翻译完成。回首往事，第一天坐在桌案前写下第一行译文的情景仍历历在目。为了解江户川乱步的创作思想、创作背景和准确把握作品的神韵，除反复阅读其所有小说作品外，我还遍览《侦探推理文学四十年》《乱步公开的隐私》《幻影城主》《奇特的立意》和《海外侦探推理文学作家和作品》等乱步的随笔和评论集。并专程去了坐落在东京丰岛区池袋的江户川乱步故居考察，到日本国家图书馆查阅了有关江户川乱步的许多资料。

为了让更多的人了解江户川乱步，我在《新民晚报》先后发表了《江户川乱步，日本侦探推理文学的先驱》《日本的福尔摩斯》《江户川乱步的起步》《徜徉少年大侦探系列》《徜徉青年大侦探系列》，接受了腾讯视频、东方电视台、《上海翻译家报》、沪江网、日语界以及日本青森电视台、《东粤日报》、《朝日新闻》、《产经新闻》、《中日新闻》的相关采访。

鲁迅说："伟大的成绩和辛勤劳动是成正比的，有一分劳动就有一分收获。日积月累，从少到多，奇迹就可以创造出来。"我历经数年辛劳翻译的这版《江户川乱步全集》，2004年4月被乱步故里日本名张市政府收藏，2020年10月又被日本驻上海总领事馆收藏，并荣获国际亚太地区出版联合会

APPA翻译金奖,其中的"少年侦探团系列"荣获国家新闻出版总署优秀少儿图书三等奖。

江户川乱步可以说是日本推理文学的代名词,江户川乱步奖是推动日本推理文学作家辈出的巨大动力,《江户川乱步全集》是世界侦探推理文学的瑰宝。希望通过这套《江户川乱步全集》,可以让更多的读者共同享受推理文学的乐趣。

2021年元旦于上海虹桥东华美寓所

图书在版编目（CIP）数据

妖怪博士 /（日）江户川乱步著；叶荣鼎译. --济南：山东画报出版社，2021.4
（江户川乱步全集·少年侦探团系列）
ISBN 978-7-5474-3832-9

Ⅰ.①妖… Ⅱ.①江… ②叶… Ⅲ.①儿童小说 - 侦探小说 - 日本 - 现代 Ⅳ.①I313.84

中国版本图书馆CIP数据核字（2021）第040603号

YAOGUAI BOSHI
妖怪博士
〔日〕江户川乱步 著　叶荣鼎 译

责任编辑　怀志霄
装帧设计　Pallaksch

出 版 人　李文波
主管单位　山东出版传媒股份有限公司
出版发行　山東畫報出版社
　　社　　址　济南市市中区英雄山路189号B座　邮编 250002
　　电　　话　总编室（0531）82098472
　　　　　　　市场部（0531）82098479　82098476（传真）
　　网　　址　http://www.hbcbs.com.cn
　　电子信箱　hbcb@sdpress.com.cn
印　　刷　山东新华印务有限公司
规　　格　787毫米×1092毫米　1/32
　　　　　7.25印张　102千字
版　　次　2021年4月第1版
印　　次　2021年4月第1次印刷
书　　号　ISBN 978-7-5474-3832-9
定　　价　38.00元

如有印装质量问题，请与出版社总编室联系更换。